張曼娟
戒不了甜

序／給我一個糖罐子

很年輕的時候，我其實不是個快樂的女孩，太多難以掌握的事情與未來，使我產生一種虛無的感受，在眾多縹緲難測的世事中，愛情，是最鏡花水月的一種。

怎麼才能遇見那個愛我的人？怎麼才能知道他的愛可以長久？怎麼才能讓他體會我對他的愛？愛情，對當時的我來說，是一生只能有一次的瑰麗奇蹟。有時候我擔心，等到地老天荒也不會相遇；有時候我憂慮，只是一個瞬目便擦身而過；更多時候我懷疑，像我這樣的人，是不值得被珍愛的。

年輕時候的愛悅，總是似有若無的。卻也曾留下過一些永恆的片斷，像是在初夏荷花池畔的夜晚，那個高大的男孩送給我一張手作卡片，他粗大的手指細心將碎草花一層層黏在皺紋紙上，成為一種繁華的意象。在草花之間有他斜斜的字體，重拙地寫成一首小短詩，大意是無法與我共度七夕情人節，有點惆悵。那年暑假我和家人規劃了長途旅行，因此，將近兩個月是無法見面的。
他安靜的等我閱讀完卡片上的字，低垂下頭，將臉埋在臂彎之間，這孩子氣的舉動，瞬間令我心動，於是我說：
「今天就是我們的七夕。你在這裡，我也在這裡，就是情人節。」
他震動了一下，接著打開背包，掏出一個看不見的東西，旋轉幾下，做出一個放東西的動作，而後，轉頭看著我微笑。我用力拍打他：「你幹嘛啦？」一邊笑起來，他常能說出一些稀奇古怪的話，做出一些意想不到的事，逗我發笑。他總能讓我笑，這是很神奇的。
「妳沒看見嗎？」他問。
我搖頭。
「我把妳的甜言蜜語放進糖罐子裡呀。」他說。
「啊。」我恍然大悟的，看著他的『糖罐子』：「裝滿了嗎？」
「當然沒有。每一顆都很珍貴的，都要等很久很久。」
那時的我對愛情既喜悅又驚懼，觀望著、遲疑著，常常逃避著，因此，我

的言語保持疏離，我的態度顯得淡漠。

「這糖罐子做什麼用呢？」我問他，像是與自己毫不相關的。

「見不到妳的時候，或是妳對我說無情的話，我就把糖罐子打開來，拿一顆出來吃。」

在感覺愛情虛無的年代，我常常說出許多毀棄的話，絲毫不帶情感的。那樣的決絕，只是因為恐懼。

荷塘的月色如何？我已經不記得了，但我記得了糖罐子裡的甜蜜。記得那時候渾身稜角，看起來卻彷彿溫柔和善的自己。那麼不好愛，卻還有人願意愛。

而後我有了年紀，有了愛的勇氣，也愛過不好愛的人，才發覺自己原來有這麼豐沛的愛，可以這樣愛人。

我可以愛；可以不愛；可以長久的愛；也可以愛得短暫而美好。愛沒有必然達到的目的與結果，也就沒有所謂的成功與失敗。得到愛，使生命豐盈；失去愛，使靈魂深刻，都是我們來到人世一遭的可貴經歷。

愛情，對我來說，不再是鏡花水月了。因為我知道自己可以掌握，相愛的時候，讓它更甜蜜一些，把糖罐子裝得滿一點。

生活本身已經有許多煩擾、焦苦、失望、痛楚，戀愛的時候，為什麼不能甜蜜一點？

有了這樣的體悟，不僅是對情人，便是身邊的親人與朋友，我也願意成為他們生活調味裡的那一絲甜。因為情人是「有時」，朋友卻是「時時」呀。我關心朋友的心情與生活，當他們低落的時候，適時送上甜言蜜語或實際行動，使他們愉快，我也得到喜悅。像一種循環似的，我的朋友也以他們自己的方式給予我甜蜜的滋味。於是，久而久之，我成為一個嗜甜者，再也戒不了了。

其實，是我不想戒除。戒不了愛，戒不了甜。

對於生活與未來，雖然不是自己曾經想像過的樣子，卻愈來愈有信心，知道自己不會墮落，不會絕望，不會熄滅照亮自己和別人的那一點亮光。

二〇一二，是先知所稱的末日之至。我做了一個關於末日的夢，夢中有個年輕的孩子，白日裡我們論辯過愛情的必要與勇氣種種，她對愛情的裹足不前正像是我的年少。而夢中我們在一間類似聖堂的屋子裡，天窗突然黯下來，屋外傳來隆隆的震動之聲，那孩子跑出去張望，然後奔回我身邊，憂傷而驚惶的對我說：「大，已經老了。」這是多麼奇特的一句話，我卻完全明白了，握住她冰涼的手，對她說：「但，妳還是要愛。」

哪怕是末日降臨，還是要愛。

愛的記憶與甜蜜，足以抵禦世間的詭譎險惡和艱辛，既然我是這樣相信著，便在二〇一二出版一本書，用這些小故事，記錄我所以為的愛情的樣貌。

打開你的糖罐子，放進去或是取出來，總是戒不了，戒不了甜。

二〇一二年八月　九龍維多利亞港邊

目錄

倚賴與獨立

空間與占有

包容與理解

自信與自卑

安全感

浪漫而持久

耐心體貼

信任與猜疑

尊重與理解

自立自強

成熟的品格

慷慨的付出

倚賴與獨立

〔愛的道德經〕

愛人者有力，自愛者強。
一個愛自己的人，才能在愛戀時不患得患失，
不索求過度，使愛的步伐平穩自在。
先愛自己，再愛別人，是道德的。

女人不需要男人

女人不需要男人？

這句話的標點符號是問號，而不是驚嘆號或句點。因為它不是一個發現，也不是一個結論，而是一個懸而未決。什麼樣的女人不需要男人或愛情？或者什麼狀況之下，女人不需要男人或愛情？

我看了一部動人的電影「街頭日記」（Freedom Writers），原著《自由寫手》是已經讀過的了，一位年輕的白人女教師，教導一班沒人願意教的高中孩子，他們原本都是街頭亡命，自我放逐，卻在這位古老師的努力與堅持下，改寫了他們的命運。

而我特別注意古老師與丈夫之間的關係和變化，她的丈夫最初對她全力支持，在她的父親質疑她這樣做是否值得的時候，也堅定的站在她身邊。只是，當她為孩子們兼差賺錢換取旅費，帶著孩子們去高級的餐廳吃大餐，當她回家的時間愈來愈晚，回家之後愈來愈疲憊，她的婚姻已經亮起紅燈。

古老師不可能毫無警覺，她只是停不下來了。

看著自己企圖改變的孩子，愈來愈進步，愈來愈主動，對於未來愈來愈充滿信心，怎麼停得下來呢？很多事都有意義，而我認為「改變別人的生活，使他們能活得更美好，更有力量。」這件事的意義格外重大。

丈夫決定離開，他對古老師說：「我知道妳做的事很棒，我覺得妳很了不起。但是，妳需要我為妳做什麼呢？」古老師含著淚請求：「在我身邊支持我，像妻子支持丈夫那樣。」她的丈夫誠實回答：「我不是妳的妻子。」

無以計數的女人在丈夫為他人犧牲奉獻時，全力支持丈夫；男人卻很難全力支持妻子。

女人並非不需要男人，而是男人感覺不到她的需要。

當然，確實也有女人在發現生命可以更豐富刺激之後，不再需求愛情與男人了，那是女人進化史的另一個篇章。

有些女人很難愛

杜群是我少數的男性朋友之一，他曾與我的朋友梅麗相戀，梅麗是個很優秀的女人，在工作上總是發揮得淋漓盡致，也因此，在感情上就不免多是以遺憾收場。

他們可以相戀五年，後兩年甚至過著半同居的生活，我們都覺得很難得。

「杜群從不把我當作小女孩，他當我是個成熟女人。」梅麗這樣說過。她身高不到一五〇公分，長著一張甜美的娃娃臉，許多人都會將她的心智年齡低估了，尤其是男人。然而，梅麗後來選擇了到加拿大拓展她的事業，與杜群協議分手。杜群消沉了一陣子，我偶爾與他連絡，於是，我們就成了「不拘形式」的朋友。想見面而能安排出時間，便很隨性的吃個飯，有時久久不見也沒有牽掛。

「慾望城市」電影版近來在電視頻道播映，杜群無意間看到了。他說電影中的一個片段，給他很大震撼，莎曼珊與年輕的明星男友史密斯共度許多艱難考驗，終於甜蜜廝守；史密斯一直迷戀著年齡大許多的莎曼珊，他們的生活豪奢，性生活協調美滿，看來是近於完美的了。五十歲的莎曼珊卻提出分手，因為她不能忍受生活只圍著一個男人打轉，她要求完整的自我。

杜群提醒我注意莎曼珊去拍賣場標那只美麗的花戒指，她費力的搶標卻被神祕買家標走，原來神祕買家是史密斯，他將戒指奉上，要給莎曼珊驚喜。然而莎曼珊並不喜悅，她想要自己買下，那是屬於她的東西。

「當女人喜歡某樣東西，我們怎麼知道，她是想自己買？或是暗示男人買給她呢？」以前女人沒有獨立自主的能力，男人送禮表達愛意或謝意，都能獲得女人的感激。現代女性有能力也企圖創造自己的生活方式，男人確實很難揣摩。

「這些女人真的很難愛。」杜群最後下了這樣的結論。

做不了自己的主

我的學妹范姜是個美麗的女人，在學校的時候，常有男生追求。但，她的真命天子似乎並沒有出現，我們總是看見她幾次約會之後，黯然神傷的樣子。

那時候我覺得很疑惑，她的個性很好，大家一起做什麼事，她從沒意見，只是默默把自己該做的事做好。如果一定要挑剔的話，頂多就是時間觀念有點缺乏，遲到，是常發生的事，而她總是氣喘吁吁的趕來，一臉愧疚的跟大家賠不是。

有段時間，她和籃球校隊的神射手熱戀了，籃球場邊常見到她陪伴著男友練球的身影，連課也漸漸不去上了。其他的活動更是不見出席，每次有事找她，她總是為難的說：「我不知道耶，我要再看看……」看什麼呢？她的學姊有些惱怒：「每次都說再看看，再看看，是看天氣還是看運氣啊？」范姜的室友說：「是要看她的神射手放不放她走啊！她的生活全部都由情人安排，自己是做不了主的。」

這樣的內幕令我相當驚訝，於是，過去發生的事都串聯在一起了，她並不是沒有時間觀念，而是做不了自己的主。她的時間、意願、生活內容，都由愛情做主，交給情人支配。

然而，討好了情人卻得罪了其他隊友，那些男生受不了范姜的如影隨形，認為范姜拖累了神射手，使他不能專心練球，使他和哥兒們疏遠了，於是，在龐大的壓力下，男友向范姜提出了分手。那一次，范姜摔得很重，也得到了很好的教訓，她明白，在生活中若作不了主，在感情裡也只能任人發落。

哪怕很愛一個人，也要保留住自己做主的權利，因為，沒有人會長久的愛戀著一個不能為自己做主的人，那樣的人缺乏個性，是隨時可以被取代的。

OUVENIRES

一邊相愛著，一邊慶幸著，
一邊永不饜足的愛下去。

柔弱的女人最強

新書出版後，我收到一位讀者的來信，她提到我在書中的一篇文章〈一棵樹也要堅強〉：「一棵樹也能對無情的大自然展現它的意志力；一棵樹也得要堅強。我並不是瞧不起軟弱的人，我只是想跟狂風暴雨中的果樹學習。不要輕易放棄自己。」

這位讀者寫道：「一個堅強的女人並不會過得比較好，相反地，因為看起來堅強，反而在緊要關頭被放棄了。就像我的男友，只因為我比較堅強，可以承受痛苦，而重回前女友身邊。他說，前女友是個柔弱的女人，需要保護，無法失去他。就像妳說的，我不會輕易放棄自己，卻被人家放棄了。」我反覆讀著信，心裡酸酸地，不知道該說什麼才好。

也許，一直以來，我都是錯的。

自以為在愛情中應該還能保持著一種優雅的距離；應該還能擁有獨立的人

格，不該像菟絲花那樣纏著男人，不應該用失序的無助、軟弱，糾纏著已經離去的情人。

聽過太多故事，比較理性節制的女人，在愛情競爭中敗下陣來，往往只是因為男人覺得她的愛不夠強大。因為她還沒完全給出自己，還保有自己的靈魂，並沒有因為愛情的陷落而沉淪。

但我心裡那麼清楚的明白，一場愛戀是否強大，並不是由分手之後的悲慘狀況來決定的。而是相愛之中的付出、期待、給予，是兩個靈魂相遇激撞後，抵達到一種前所未有的境地。是一邊相愛著，一邊慶幸著，一邊永不饜足的愛下去。

可惜，許多人並不是這樣衡量愛情的，他們必定要等到失去愛情後，才明白它的重要性，於是，欲死欲生，魂銷骨蝕，把自己弄得枯槁憔悴，反而勝出，因為失戀的痛苦有目共睹，像是一種見證。

這是很弔詭的，卻成為巨大的迷思，恐怕只有真正堅強的人才能看得清。

女人也要爲性負責

中國足球明星與女明星結婚產子之後，曾經與他偷情的第三者忽然出來爆料，說自己為足球明星生下過一個兒子，小孩都已經三歲了，要求孩子的父親出來負責任。

一個雜誌記者從北京打電話來問我，這種事到底該由男人還是女人負責？我們也談到了女人生育權的問題，以前女人的生育權是掌握在別人手裡的，只淪為一個「生產工具」，如今時代早已不同，女人甚至在婚姻制度以外生育小孩。當避孕技術愈來愈高明，她們其實擁有絕對的自主權。所以，當我聽見女人哭訴：「一不小心就有了，不忍心拿掉所以生下來，我覺得孩子的爸爸應該出面來負責。」這一類的話，我發現自己的同情愈來愈稀薄。

先是不小心，然後是不忍心，倒楣的卻是孩子與男人。

現在有許多女人都能勇敢的為自己的愛情負責，明明是愛了不該愛的人，還抬頭挺胸的說：「我願意為自己的愛情負責任。」可是，女人卻在性這件事上，全無擔當，仍然抱持著自己總是性的受害者的心態。

其實，對成年男女來說，性的發生是雙方激情和愉悅的享受，女人不再只是被動的受壓迫，既然做愛也是一件快樂的事，就該負擔後果。為什麼一旦懷孕了，馬上回歸成十八世紀的女人？手足無措，哭哭啼啼的要男人負責？

其實很多男女在事前已經約法三章，只是偷歡，或者女人心知肚明，這男人無意娶她回家，卻還是懷孕了，孕育一個生命直到產下小孩。「只是想留一個紀念品」，有的女人這樣說，這紀念品卻要吃、要鬧還要教育，是很多女人沒準備好承受的。無法承受就丟給男人，對這個孩子公平嗎？

在生育權上，女人的權力當然是超越男性許多的，女性也已經認知到自己這種權力，運用這樣的權力，去自我完成。我支持女性在仔細評估各種條件之後，未婚生養一個小孩，如果她有能力，絕對可以教養出一個傑出的孩子。但我實在不贊成女人以性的受害者姿態，用孩子向男人勒索，這不但貶低了自己，也作賤了孩子。

金交椅上的小女孩

台灣有句俗諺：「娶某大姐，坐金交椅」，似乎是娶到了比自己年長的妻子，就注定可以過著享福的生活

年紀較大的妻子，會認命的扮演好母親或是姊姊的角色，將丈夫的生活照顧得無微不至。這些都是老一輩的想法和認知，現今有許多男人選擇比自己年長的妻子，卻無法享有金交椅的「優惠」。

嘉琪的小叔三十五歲，娶了四十一歲的妻子，疼愛有加。過節時全家族聚在一起，說好一個媳婦提供兩個菜色，嘉琪和嫂嫂在廚房裡揮汗如雨，小叔的妻子和家中的小少女們坐在一起，嘰嘰咕咕分享唇蜜和美甲經驗，反而是小叔擠進廚房將買來的菜熱好上桌。

「真的是同人不同命耶，我們小叔疼老婆疼的喔，人家老婆就是看起來年輕，好像剛滿三十。我明明比她小兩歲，看起來比她老十歲。」嘉琪抱怨，她說小叔的妻子是個中級主管，和小叔在一起的時候，卻像個小女孩。尤其是笑起來的樣子，眼尾看得見皺紋，卻還是像個小孩子。

「感覺很『輕盈』，是吧？」我問。「對呀，沒錯。就是這種感覺。是不是因為她沒生過孩子？」

我笑著搖搖頭，真心以為這和有沒有生過孩子無關，卻與性格特質有關。有些女人不管年齡多大，內心永遠住著個小女孩，純真、快活、夢幻、甜蜜，或許還有小小任性。在工作與生活中不見得顯露出來，卻在自己愛戀或信任的人面前，釋放了那個小女孩，於是，相處之中便充滿驚喜、愉悅，令人感覺放鬆與留戀。

窺見過這成熟女人內在的小女孩，便很難忘懷，於是，愛著她的人甘願為她做得更多，設想得更周到，讓她更幸福。對男人來說，「娶某大姐，坐金交椅」，以逸待勞的時代已經過去了，坐在金交椅上的，其實是無人可以抗拒的小女孩。

ROYAL QUEEN
ROYAL QUEEN

【愛的道德經】

空間與占有

若有一個人說愛你，
並不代表他可以對你多方挑剔；讓你進退失據。
一個人如果真的愛著你，會希望你快樂、自尊、喜愛自己。
在愛中受委屈，不值得。令別人受委屈，不道德。

不吃醋，不正常

還沒到情人節，我的朋友蜜兒就和她的年輕情人阿偉鬧彆扭了，令蜜兒有些沮喪，這本來應該是他們共度的第一個情人節。

她和阿偉是在一次旅行中邂逅的，她和幾個朋友去西班牙自助旅行，阿偉是背包族，卻恰巧在逛跳蚤市場的時候遇見了；又在逛博物館的時候遇見了；第三次是搭夜車時遇見，「咦，你在跟蹤我啊？」蜜兒跟他開玩笑，想不到他的臉一下子就紅了：「我想請妳喝咖啡。」

「我請你喝杯紅酒吧？你滿十八歲了嗎？」蜜兒戲謔的問他。

他們差了七歲，蜜兒覺得是剛剛好的年齡，三十五歲的女人，愛戀著二十八歲的男人，他們可以整夜不睡覺，再騎著機車去海邊迎接第一道曙光；他們可以一起登山，進入深深的叢林相擁而眠。阿偉對於愛情的生澀，蜜兒對於愛情的嫻熟，都為他們的愛戀加分。

那天晚上，他們約了在西門町見面，蜜兒看見對街的阿偉，穿著牛仔褲，粗線毛衣，線條分明的臉孔，真是個好看的男人。

當她這麼想的時候，有個女人帶著嫵媚的笑意，上前與阿偉搭訕了，阿偉顯然還搞不清楚狀況，直到看見蜜兒，才像看見救星一樣的脫身跑過街來找她。「那個女人在釣你喔？」蜜兒挽著他的手臂，笑得很開心。

「妳都看見了？那妳為什麼還不過來找我？」阿偉盯著蜜兒看：「妳看見別的女人來找我，妳不生氣嗎？」蜜兒搖頭。「妳也不緊張？」蜜兒還是搖頭。

阿偉掙開她的手，他的臉色很難看：「那麼，我想妳根本就不在乎，妳也許從沒認真看待我們的關係。」

「妳不吃醋，這太不正常了。」聽完這段愛的小插曲，我幫蜜兒下了結論。

「如果妳的情人，這麼受歡迎，妳不會覺得榮幸嗎？」蜜兒努力分辯。

只是她忘了，表達愛情的方式很多，「獨占」是最專制的一種，卻也是最明確的主權宣示。**對愛情有把握的人，自然是氣定神閒的；對愛情猶有疑慮的人，則需要更強烈的表態，拈酸吃醋，恰好就是一種明確的表態。**

身體都知道

我有一段時間沒聽見阿姿抱怨她的腳疼了，約莫就是她和男友分手之後，她重新穿回自己最習慣的便鞋，蹦蹦跳跳，有一次，我在車上看見她輕快的跑過街，真是美麗的姿態。我還記得阿姿是怎麼傷了腳的，我把它稱為一種情感傷害。阿姿夠高，不穿高跟鞋，戀愛之後，男朋友覺得不穿高跟鞋的女人算不得真正的女人，她才開始穿高跟鞋的。男朋友對阿姿的要求很多而且很嚴格，阿姿的很多生活作息在他看來都「要不得」，必須徹底洗心革面。阿姿說男友不是對她嚴格，對自己的要求也很嚴謹，為了愛，她只得努力配合。

他們有一次約了吃晚飯，停好車才發現餐廳關門，男友不肯隨便解決晚餐，便和阿姿在雨中走了半個多小時，去找到一家合意的餐廳。阿姿為了討好男友，特地穿了五公分的細跟高跟鞋，踩過一個個水窪，時時墊起腳尖，她一直想放棄，也想跟男友說隨便吃一吃就好了，可是，看見男友擰著眉一臉寒霜，她不敢開口。就這樣，她傷了足腱，一穿高跟鞋就要抽筋，痛到站都站不起來。

接著，她和男友都覺得欲振乏力，平和的分手了。阿姿的腳漸漸不痛了；漸漸調回自己的生活作息；漸漸變回那個愛笑愛鬧的快樂女人，雖然，有的時候難免寂寞，卻不再覺得自己一無是處。

前兩天，前男友從國外回來，約她碰面，為了給男人留下一個不錯的印象，她把唯一留下的一雙高跟鞋穿上，去赴友好之約。

男人依然是挑剔的，難以取悅的，覺得很多人的品味都很差，阿姿心如止水的喝著咖啡，發現自己可以置身事外，是一種珍貴的幸福。

就在那一天，她結束約會一走出餐廳，忽然腳痛起來，從腳底蔓延到腿部，她對自己說，結束了，一切都過去了。慢慢地，疼痛舒緩，她索性脫下鞋赤著腳回家，再也沒有什麼好擔心的。

完美的前任情人

雅筑從北海道自助旅行回來，去機場接她的，是她的前任情人阿易。事實上，這次旅行的路線也都是阿易為她規劃的，在網路上蒐尋許多好吃好玩的資訊、交通動線、不可錯過的景點等等。

我們因此以為雅筑會與阿易復合了，畢竟是已經相處三年的戀人，新不如故啊。雅筑卻卯足全力撇清，她說她絕不可能再與阿易復合。「妳們知道嗎？我終於找到阿易的好處了，他是一個完美的前任情人！」完美的前任情人，為什麼不能成為現任呢？雅筑覺得阿易對女朋友的要求是很高的，既要求獨立自主；又希望能小鳥依人，他喜歡隨傳隨到的女友，又擔心被緊緊黏著的感覺。

雅筑說他們談戀愛的時候，常常吵架，連出國旅行也不例外。雅筑在異國城市中免不了逛逛街，雖然不要阿易作陪，他也會不開心。「兩個人出來旅行，就該一起行動的。」話雖如此，陪著逛街卻臭著一張臉，兩人常常還沒回到飯店，已經在路上吵起來。

緊繃導致疲憊，雅筑和阿易交往三年之後，和平分手。他們並沒有在ＭＳＮ上刪除或封鎖彼此，有時還能聊兩句。哪部電影真不錯；哪家餐廳的義大利麵很彈牙，就像是多年老友那樣的。

雅筑介紹了自己的牙醫給阿易，做完根管治療相當滿意，於是，聽說了雅筑要去北海道自助旅行，阿易自動蒐集不少資料給她，讓她玩得很順利，也很開心。「他連購物中心的資料都幫我找到了。」以前看見雅筑逛街就翻臉的阿易，終於成為一個貼心的前任情人。

不用朝夕相處，不必彼此從屬，只是一種友好關係，可以付出也可以不付出，最好的一面反而呈現出來了。

她漸漸變回那個愛笑愛鬧的快樂女人，
雖然，有的時候難免寂寞，
卻不再覺得自己一無是處。

神祕的距離

「解決兩性關係的種種問題，『距離』是最好的特效藥。」我的心理醫生朋友很認真的對我說：「只要保持適當的距離，許多疑難雜症就迎刃而解了。」

「如果還解決不了，就分手，保持不相見，不相干的距離。」我心領神會的笑著說。

我確實知道在愛情關係中，距離是多麼重要的條件。我談過最美好的戀情是遠距離戀愛，在見不著面的那些日子裡，揣摩想像著對方的生活，想著他穿越街道；搭乘電梯；在超市裡推車。想像他倚在高高的窗前眺望著海；想像他在燈下安靜的閱讀；想像他經過街邊的花舖緩慢下來的腳步，想像著他的緩慢是因為對我的思念。愛情就這樣一點點的加溫。

當距離拉近，真的共同相處，才發現對方原來是這樣的一個人，與想像有很大的差距。有時不免要想，我是真的與一個男人愛過一場？或只是與自己虛構的理想情人相愛？對方或許也有這樣的疑惑呢。

距離才能產生美，發生思念與一切浪漫的感受。然而，人類的天性卻是在愛中渴望更靠近，緊緊貼合，完全占有，沒有距離，沒有祕密。於是，新鮮感失去了，一切都變得平淡，不再提心吊膽，也少了怦然心動。

我的朋友雀喜兒和丈夫鬧得有點僵，便飛到美國去探望父母親，才離開一個星期，就傳來雀喜兒昏迷住院的消息。丈夫又驚又急，偏偏因為簽證問題無法赴美，在雀喜兒治療的一個多月，丈夫想到的全是他們共同生活的美好時光，他埋怨自己沒能體諒妻子，沒多關心妻子，想到可能失去妻子便痛不欲生。

當雀喜兒恢復健康回到台北，丈夫如獲至寶，因為這神祕的「距離」特效藥，使他們的感情加溫又甜蜜。

愛不是一種侵占

和幾個不算太熟的朋友在機場相遇，因為風雪阻礙了飛行，便有了患難與共的真情，留下連絡方式，回到台北後，約著聚了一次。三十歲的安妮算是最年輕的一位，對我有最深的好奇。聚餐時，她忍不住問了一個問題：「妳覺得妳還會再與人戀愛嗎？那會是什麼樣的人？」我說，我其實一直在尋找的，便是一個「有自己的心靈世界的人」。

安妮問：「意思是，有自己的興趣、愛好嗎？」

「應該是說，有自己心靈世界的人，有時候不會那麼在乎我，反而會讓我覺得很自在。」我試著說明，卻總覺得沒能完整表達。

一直在旁邊沒說話的大紀突然點頭，對我說：「我明白。」他轉頭對安妮說：「我們很習慣以愛為名，要求掌握愛人的每一個生活細節與全部世界，如果不能如願，就會覺得沒有安全感，把自己和對方都弄得很痛苦。」安妮有點為難地說：「可是，愛一個人不就是愛他的全部嗎？」大紀笑起來，過了片刻才問安妮：「如果他的全部中，有一部分是渴望保有隱私，妳也能『愛』嗎？」

安妮挺直脊背，看著我又看大紀，她說：「坦誠的愛一個人，幹嘛還要有隱私？」我知道年輕的愛總是大無畏的，聽見這樣的宣言卻令我怵然而驚。

大紀後來與我一起走到捷運站，他說前妻對他的世界全面掌控，不許他擁有她不熟的朋友；不接受他赴未邀請她的飯局，她常掛在嘴上的名言是：「夫妻是一體的。」「而我真正的感覺是，我的世界被侵占了。」大紀疲憊的說。愈是被嚴密監控，就愈想逃出去透透氣，他們最終只得仳離。

哪怕再愛一個人，也要保留彼此的隱私，才能長保愛情。我想，安妮得再經歷多一些情感或年歲，才能明白：**愛，就是愛，並不是侵占**。

在她身邊熟睡

阿德離婚之後，有一段時間我真的不想跟他見面。因為他當年與美茹的戀愛談得轟轟烈烈，朋友們有許多期待。他們後來順利結婚，一起創業，直到事業成功，開了不少工廠，美茹手上的戒指愈戴愈大，人卻愈來愈消瘦。

當我們聽聞消息，美茹的癌症已經進入第三期了，那段時間，阿德全心陪著美茹治療，陪她尋找各種民俗療法，嘗試生機飲食，做了一切可能與不可能的事，前後三年多，竟然奇蹟似的令美茹恢復了健康。

一年多之後，阿德提出離婚的請求，將一半家產分給美茹，沒有太多掙扎地，美茹也就簽了字。「經濟不景氣，他的工廠和生意還能維持多久，沒人知道。有錢拿就先拿著再說。」

「你們的感情呢？將近二十年的感情，難道一點也不重要？」我問美茹，而她只是笑笑：「妳沒結婚，是無法明白，關於婚姻這件事的。」這種結論往往堵住我的嘴，使我半句話也吐不出來，雖然心裡是不服氣的。

近來偶然的機會見到阿德，和他的女友Lily，這並不是一個比美茹年輕或美麗的女人，因為不重裝扮，使她看起來略顯平凡。阿德說他是在一個治療團體認識Lily的，Lily失婚，也不想再婚，他們目前就這樣做個伴，未來的事，誰也不想談，反而有一種久久長長的感覺。

「為什麼是她呢？」我問。「因為在她身邊，我可以好好熟睡，妳知道，前幾年我都睡得很不好。」阿德告訴我，生意做大之後，美茹娘家的人紛紛介入，給他帶來很大困擾，為了這些事，美茹生病之前他們已經瀕臨仳離了。

認識Lily之後，阿德才發現，可以在一個女人身邊熟睡，真是莫大的幸福。我想，這確實是我不了解的，關於婚姻這件事。

包容與理解

愛的道德經

有些人戀愛時，總是要求：「你應該這樣愛我。」
「你不該那樣做。」
卻忘記了相愛是兩個人的事，你想過對方的期望與要求嗎？
把「我」變成「我們」，
思索著：「我們該如何相愛？」才是真正的戀愛。
否則就只是自戀而已。

淚人兒與爆米花

我的朋友小鴛和男友已經拍拖了五年，兩個人立下志願，存足了頭期款就買房子，結婚，生孩子。根據小鴛的說法，立下這樣的志願之後，兩個人的關係更像合夥人而不是情侶了。有了這樣的目標，其他的事都可以也應該「簡約」了，像是過生日啦，相愛紀念日啦，以及情人節。

小鴛生日那天，好不容易說服男友一起去看愛情片，增添一些甜蜜感覺。男友說愛情片多半不感人，內容陳腔濫調，缺乏創意，還不如回家打電動。小鴛差不多要翻臉，男友才捨命陪君子的買了電影票。入場前他堅持要買爆米花，小鴛明白，他必須靠爆米花度過這將近兩小時的無聊時光，只是，男友想吃鹹味爆米花，小鴛卻愛上新口味的焦糖爆米花，妥協的結果，半盒鹹味，半盒焦糖。焦糖在下半部，根本撈不出來，小鴛只好沉住氣，等男友吃剩了再吃。

電影拍得果然沒什麼新意，很多橋段都是老套，但是，女主角選得太好了，完全稱不上美女，看著女主角的暴牙，小鴛好慶幸自己已經矯正好門牙了。正因為女主角不夠美，男主角卻還這樣愛她，這才是真正的愛情啊。因此，男主角英年早逝，丟下女主角一個人孤孤單單，無限哀傷，小鴛就忍不住的落淚了。她的眼尾餘光瞄見男友不斷咀嚼爆米花，雙頰鼓起像隻花栗鼠，他等會兒顯然又要抱怨陳腔濫調了。

隨著劇情的起伏，小鴛的淚水愈來愈洶湧，並且她也聽見了前排後座，吸鼻子與抽面紙的聲音，同時，她看見男友的手伸向臉部，他也覺得感動了？他也落淚了？

小鴛滿懷情感的轉頭，看見的是，男友緩緩的把焦糖爆米花送進嘴裡，卡啦卡啦。散場之後，男友只是說：「焦糖爆米花不錯吃耶，聽妳的準沒錯。」

小鴛的失落感很快被拂平，他們倆的品味本來就不同，但能相互包容也就沒什麼好挑剔的了，淚人兒與爆米花於是手牽手，繼續向他們的目標前進了。

破鏡的整修

美美和丈夫是在留學的時候認識的，他們是那種一相識就已經彼此認定的伴侶，因為他們宣稱兩人世界容不下第三者，所以都不要小孩，只要有假就天涯海角去旅行，我們都稱他們是「神鵰俠侶」。

美美和丈夫結婚十年之後，丈夫有了精神上的外遇，這件事其實並不是美美發現的，而是丈夫想制止這段感情繼續發展，所以主動坦承，請求原諒，並且希望美美幫助他。在我看來，這個丈夫算是個有勇氣有擔當的男人，是值得嘉獎的。可惜，我一個人的意見，敵不過美美那群同仇敵愾的姊妹淘。那些女人恰好最痛恨男人劈腿，她們是大老婆俱樂部的終身會員，不僅要狂追猛打，還要防患未然。

美美沒想過丈夫會坦承對另一個女人動心，自然是心亂如麻。姊妹淘傳授她許多懲罰祕笈，一定要好好教訓丈夫，讓他付出他應該付的代價。

美美答應丈夫，一切重新來過，希望可以破鏡重圓。可是，她開始盯梢、追蹤、盤問，變成一個多疑的妻子。丈夫提出抗議的時候，她就說：「過去就是因為我太不小心了，才會出錯。」丈夫知道是自己的錯，只得隨她。丈夫邀她一起渡假，她說她沒心情；丈夫送花和禮物給她，她說這些都只是在贖罪。丈夫試著對她說甜言蜜語，她冷不防來一句：「你也跟她說這些話嗎？」丈夫知道是自己的錯，無言以對。

我看見過她對丈夫忽冷忽熱的態度，覺得兩個人若要這樣生活在一起，真是難以忍受。將近一年之後，丈夫提出了離婚，美美驚惶失措，她說她只是想讓丈夫知道自己錯了，她還是很愛他，並不想失去他的。只是，丈夫認為她並不珍惜他們的關係，經過這次的試煉，丈夫覺得美美並不真的愛他。

不管經營怎樣的情感，都沒有不勞而獲的事，哪怕是整修破鏡，也需要雙方齊心努力，有一個人放棄了，便沒有重圓的可能。

鞋子的愛情學

小米和莎莎約了我看電影，買了電影票發現還有將近半小時才開演，喝咖啡似乎太倉促，於是，不約而同的，我們走進了電影院旁的鞋店。琳瑯滿目的鞋子陳列著，任君選擇。逛鞋店的心得是，每個女人都不覺得無聊，而且試鞋的時候都很認真，因為，女人的鞋櫃裡總少一雙鞋。

莎莎補充說：「試鞋的時候得坐著，還可以休息，真是太好了。」小米有另一番觀察：「鞋店的照明充足，從鏡子裡看自己閃閃發亮。」總而言之，我們三個人都在鞋店裡找到了自我。

短短半個小時，我們試穿不少鞋子，莎莎要找的是穿起來絕對舒適的鞋，只是舒適的鞋子多半不太好看，小米說：「穿著不美的鞋，每一秒都是折磨，我可受不了！」

莎莎自有解決之道：「長褲一穿就蓋住鞋子啦，誰會注意這個啊？有什麼重要的？」小米嘀咕著：「別人不注意，自己會注意啊。」

小米確實找到了鞋店裡最美的一雙鞋，細跟、鏤花、綁帶，是她最愛的銀色鞋款，因為是零碼鞋，還有很好的折扣。她試了又試，走來走去，蹙起眉頭：「有點擠！」

「脫下來、脫下來！」莎莎說：「不是妳的尺寸嘛。」「可是這明明就是我的款式，我就是愛這種鞋嘛！」她執意不脫。

而我要的是既合心意又能合腳的鞋子，實在很難遇到，因此一直坐著。

我坐在燈光明亮的鞋店裡，忽然想到鞋子的愛情學。

小米要的是自己熱愛的男人，但婚後爭執很尖銳，最終離了婚。莎莎覺得相處容易才是最妥貼的，她找了個合適的男人，和丈夫過著不鹹不淡的婚姻生活。我既不肯放棄熱愛，又要融洽相處，故而一直單身。原來如此。

（而我要的是
既合心意又能合腳的鞋子，
實在很難遇到，
因此一直坐著。）

馬桶起落架

為什麼男人上完廁所，都不肯把坐墊放下來呢？這是很多女人結婚之後，除了擠牙膏的方法之外，最抱怨的老公的「惡形惡狀」。

小恬說她有好幾次，在冬天的深夜，從熱騰騰的被窩爬起來上廁所，一坐下去，冰冰涼涼，從臀部直麻上脊梁筋，她忍住想要尖叫的衝動，一把火燒起來。說過多少次了，為什麼總是不記得呢？「什麼？我沒有放下來嗎？」每次她質問，老公都迷迷糊糊地反問，完全搞不清楚狀況的樣子。

「你為什麼掀起墊子不放下來？」她總是這樣問，次數多了，有一回老公竟這樣回答：「難道妳希望我不掀起墊子嗎？」小恬愣在當場，她當然不希望老公上廁所不掀墊子。到底是忘記掀起來就上廁所比較糟糕，還是掀起之後忘記放下來比較糟糕呢？經過老公似有若無的「恫嚇」之後，她也有些疑惑了。

如果問專家的意見，他們會很輕鬆的解決這個問題，擠牙膏的方法不同，就多買一條牙膏；上廁所的方式不同，就多做一個馬桶；看電視的選擇不同，就多買一台電視；生活方式差異太大，乾脆一人住一幢房子好了。

這並不是解決問題的方式吧，這只是花錢的方式，有多少人能夠因為這樣的原因買這麼多東西呢？

我問過一些朋友，關於馬桶墊的起落問題，多數的女性都注意到男人上過廁所之後，不會把坐墊放下來，只有極少數受嚴格訓練的男性，會注意到舉手之勞，惠「女」良多。那通常是家裡有很多女性，男性佔極少數的狀況下，才會有的訓練。在我的家裡，男生女生的數量各佔一半，記憶裡從沒有坐墊起落的問題，男生上廁所之前，要把坐墊拿起來，他們並沒有抱怨過。因此，女生上廁所的時候把坐墊放下，好像也是天經地義的事。

我一向是這樣看事情的，這當然充分顯示出我絕不是一個女性主義者，「進化」得還不夠，但，也就少了一些煩惱。馬桶坐墊起起落落，使用頻率高，就表示家裡的人身體健康，排洩正常，這是值得感激的事呢。

其實與我無關

情人之間的話語是很微妙的。同樣一句話，有時聽起來傷人，有時聽起來卻很貼心。比方這一句：「其實，與我無關。」情人請你幫忙餵狗，你說：「其實，與我無關。」對方必定認為你已失去熱情。情人興高采烈與你分享他的成就，你說：「其實，與我無關。」你們差不多該談分手了。

這句話充滿自私自利的冷漠與絕情，應該會登上情人最不想聽的話語前十名吧。這句話卻曾救贖了我的一對情侶朋友，讓他們相愛許多年。

同樣創作也攻讀學位的愛妮，是我多年的朋友，她試過好幾次不同類型的戀愛，想找到一個終身伴侶，卻相當不容易。當她的情人發現她在創作這個領域的光采與深度，意識到她並不只是個「教師」而已，便會滋生許多的懷疑與恐懼。「我都不知道妳的腦袋裡在想些什麼？我不明白妳這些文章是怎麼寫出來的？我覺得妳好陌生，這種感覺很奇怪。」那些男人的台詞差不多類似，並無新意。

開始的時候，愛妮會努力解釋，創作只是她生命的一部分，比較專業的那個部分，與他們的感情生活並無干涉。「科學家的妻子都能了解他的發明嗎？醫生的妻子都能明白他的手術嗎？」愛妮沮喪的問我。

我猜想，文學似乎是人人都能讀的，並不被視為專業，男人發覺自己不能理解女人腦袋裡的世界，便會感到挫折吧。

愛妮後來遇見一個學歷低卻很誠懇的男人，他只是愛著眼前的女人，懶得管她的創作：「妳的文章，我沒看懂。但我覺得妳的寫作，其實與我無關。我只要愛妳就好了。」這男人研讀過愛妮的作品後，突然開悟了。

直到現在他們仍深深相愛著，「無關論」是我近來聽見最有智慧的愛情哲學與態度。

一個親吻，一截天梯

我發現人類的想像力其實很侷限的，這一點反應在我們的愛戀關係上。通常，我們彷彿是程式已被設定似的，會和某一種類型的人談戀愛，哪怕是已經傷得體無完膚，下一次，還是挑選這種類型為對象，無怨無悔。我的學生小黛是那種戀愛至上的女孩，她每次談戀愛都告訴我們，這一次是真命天子，只是往往不能長久。她愛上的男人都有點靦腆，也有點酷。

在我看來，那些酷樣並不是刻意的，而是在掩飾自己的靦腆。小黛是個彩妝師，自己也長得美麗，她堅信沒有愛情就不能享受作為女人的樂趣。

上一次她和情人同居一年半之後分手，痛苦半年，便認識現在這個男朋友，現任男友出現在我們面前時，我真嚇了小小一跳，和上次那個還真像啊。大家私下預言，這一個應該也不會超過一年半，結果，人家在一起已經三年了，還沒傳出分手。

小黛有一次比較兩個情人的不同，在溫柔浪漫的表現上，得分都很高，所以，關鍵並不在浪漫上了。「是在鬧彆扭的時候。」小黛說，上一任情人很愛同她嘔氣，而且一氣要氣好多天，等到情人氣消了，她已經心灰意冷，懶得搭理了。這一任情人雖然也和她嘔氣，但是化解得很快，一下就煙消雲散了。

她舉了兩個床上的例子，前任情人有一次在床上和她吵起來，氣得背過身不理她，任憑她好言好語，低聲下氣，又抱又親，依舊怨氣沖天，接下來幾天雖然還是陪著她出差，為她開車，可是臉色沉得像鉛。「我忽然覺得自己好像是他的仇人。」小黛發現這段感情無以為繼了。

至於現任情人，他們在床上也發生過爭執，小黛氣到趕他下床，一片混亂中，情人竟然俯下身親吻了她的臉頰。「我感覺到他是愛我的，哪怕是在爭吵的時候。」小黛在那一刻全然融化，他們和解了。

一個親吻，像一截從天而降的梯子，讓相愛的人找到了台階。

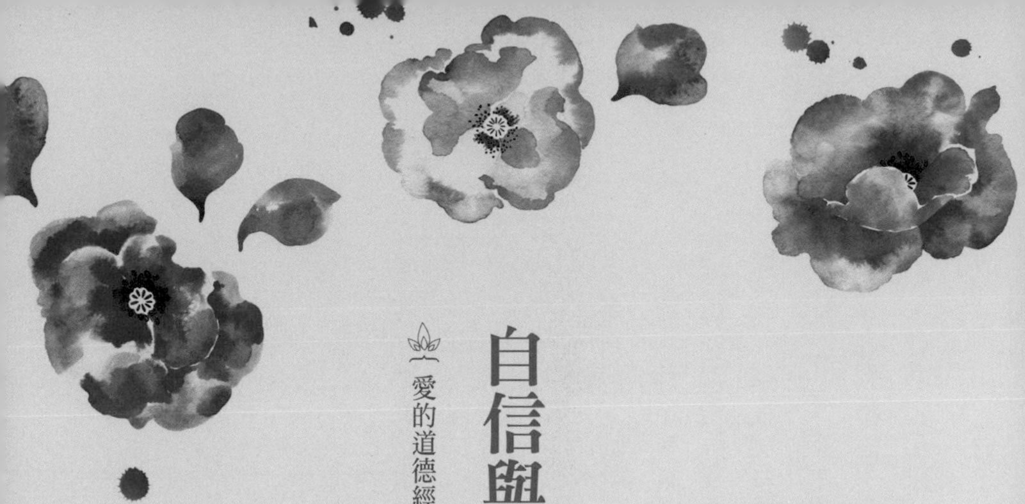

愛的道德經

自信與自卑

不要以為自己缺乏的東西，可以在愛情中獲得。
愛情是一種必須無盡付出的關係。
有自信的人才能不憂慮，
並且知道付出本身就是一種獲得。
沒有人能帶走你內在的任何東西，它們永遠屬於你。

女生主動，男生結凍

我在熟女讀書會中，聽見淑芬說自己年輕時的羅曼史，她說她和先生認識快三十年，結婚二十年，先生有一天忽然惆悵的嘆息：「這一生竟然全部給了一個女人，真浪費。」我們都知道他們夫妻感情好，聽見這樣的怨嘆，只覺得好笑。「好像是真的耶。他是我追來的，追到手就緊緊的抓牢不放手了！」淑芬說著自己先哈哈大笑起來。

在一旁的阿鳳說：「淑芬應該開個女人主動班，教教女生怎麼主動，那些兩性專家都告訴我們，女人要主動爭取自己的幸福。可是，女人主動的成功率很低啊。到我女兒她們這一輩，二十歲左右的女生，還是沒什麼成功率啊。」

「我也失敗好多次，我只是屢敗屢戰啊。」淑芬說，她不喜歡那些追她的男生，她喜歡的男生偏偏不來追她，她只好主動追求，結果，男生感覺到她的主動，就緊張起來，進而退避三舍。本來兩個人的互動良好的，就在男生察覺了她的心意之後，忽然渾身不對勁，彷彿被結凍了似的。直到幾次之後，她遇見現在的先生，那個男生懶懶的，不追求她，面對她的追求也不逃避。「這個男人以逸待勞，一輩子都懶啊。」淑芬笑著說。

阿鳳說她那個時代，男人感覺到女人主動，馬上就會浮起「這女人不太莊重」的印象，女人只能等待男人來追，永遠沒辦法選擇。沒想到，到了女兒這一代，男女關係開放了，兩性地位平等了，女人主動還是會嚇到男人。

阿鳳的女兒在社團裡認識一位學長，兩個人一起辦活動，很有默契，學長和女朋友分手不久，阿鳳女兒提出想跟學長交往，學長忽然變得很為難，他的理由是：「女生主動追求，總是怪怪的。」

我常在演講場中，被問到男人是否能夠欣賞主動的女人這樣的問題，我並不回答，因為我不是男人。我用的是現場大調查的方法，發現男人對於採取主動的女人，確實不那麼欣賞。「太主動的女人，感覺好像女強人，太強勢的女人，壓力太大了。」有個男人試著分析，別的男人微笑著點頭表示同意了。「女人只要享受被追求的快樂就好了，把辛苦的事留給男人去做嘛。」我的一

個男性朋友這樣說。

可是，如果那些前來追求的男人，都不是自己喜歡的，快樂從哪裡來呢？我相信，不管是男人還是女人，都有主動追求的快樂，男人得快點讓自己解凍才行。

婚活不如人活

「婚活」這個新名詞是從日本來的，想結婚的女人剪個婚活的髮型；化個婚活的彩妝；改個婚活的造型，就可以順順利利嫁出去了。問題是，沒有人能保證婚後可以幸福或長久。到日本旅行時，我發覺「婚活」確實是個很大的市場，日本人發展出類似俱樂部的組織，教導女人如何穿衣、吃飯、說話，最高指導原則就是要討男人歡心，讓男人動心。

為了結婚而做出的改變，在達到目的之後呢？是不是就要恢復原形了？

我認識過幾位很想結婚卻始終缺乏緣分的女性朋友，發覺她們都有某種類似的特質，生命裡缺乏了一點熱情與火花。問她們喜歡做什麼事？想成為什麼樣的人？對未來有什麼想像？答案通常是茫然的。

「我覺得自己是個很隨和的人，為什麼談不了戀愛？結不了婚？」有個女性朋友這樣問。「可以形容一下自己嗎？除了隨和之外，妳是個什麼樣的人？」我問了她這個問題。她想了很久，搖搖頭，無法回答。

她是個好人，卻沒有鮮明的個性，在朋友的聚會裡，多了她也不多，少了她也不少。沒有人特別喜歡或討厭她；她也沒有特別喜歡或討厭做的事。從進大學起，她就在等待生命中的伴侶，因此，已經三十五歲的她，對人生全無規劃。

在我們幾次懇談之後，她終於放棄了無盡的等待，找出自己喜歡做的事，她每星期去爬山，曬黑了也變壯了，眼睛變亮了，笑聲也變多了，一年之後我收到訂婚喜餅，她在山友中找到了人生伴侶。

她並沒有為結婚而做改變，她只是先讓自己活了起來，找到生命裡的熱情與火花，這火花點亮了她，讓她充滿吸引力。人活了，婚還能不活嗎？

溫泉池邊的呢喃

「其實，我並不真的那麼胖嘛。」我和杜麗約了新春泡湯，她掙扎好久才突破心防，同意和我一起去泡大眾池。泡了一輪，在躺椅上休息的時候，看著池邊走來走去，或坐或臥的裸女，杜麗有感而發的說了這句話。

「誰說妳胖啦？」「我男朋友啊！嗯，正確的說法是我前男友。」「啊？你們分手啦？」我明白了前陣子杜麗心情總是低落的原因了。杜麗是圓潤型的女人，但我從沒覺得她胖，倒是常聽她嚷嚷著要減肥，對於減肥食譜或祕方特別熱衷。杜麗說，她從沒泡過大眾池，沒見過這麼多女人裸著身子，直到現在才發現，自己的身體滿好看，並不像想像中的肥胖。

「前男友說妳胖，妳就真覺得自己胖啦？」泡完湯吃下午茶的時候，我問杜麗。她想了想：「應該是說，我心裡有陰影吧。」

杜麗的父親是圓胖型的身材，母親卻極苗條標致，青春期的杜麗開始發育，母親便總是絮絮叨叨，叮囑她少吃一點，免得像父親那麼胖。杜麗不知道，是因為父母親感情出問題，父親才愈來愈胖？還是因為父親變得更胖，他們感情才出問題？總之父母親在她上大學那年離了婚，母親依然年輕漂亮，很快就再婚了，父親卻整個人黯沉下去，暴躁易怒，難以接近。

「妳這麼胖，當心以後像妳爸爸。」母親每次見到杜麗總是叫她減肥，說她太胖了，以後沒男人願意跟她在一起，就算跟她在一起也不會真心；就算暫時喜歡她，日後還是會把她拋棄……宛如咒詛一般，纏住杜麗，於是她常自暴自棄的說：「我太胖了。」男友對她不高興的時候便說：「妳這麼胖也不減肥？」

有些信心是天生的，有些則從比較中得來，無論如何，都是一件珍貴的禮物。從溫泉池中誕生的，是一個新的杜麗，她發覺自己並不胖，其實挺美的。

如果覺得自己不配

我的朋友綠萼是個美得像詩的女人，二十歲出頭就結婚，十年後離婚，為了能脫身，只好放棄一兒一女的監護權，遠走海外。十五年後她再回台灣，發現女兒的感情生活一團糟，總是愛上並不愛她的男人；總是為了男人做無謂的犧牲；總是把自己放在很低下的位置；總是覺得自己一無是處。

綠萼與女兒懇談了好幾次，女兒終於打開心防，說了這樣一段話：「我又不是妳，我覺得自己不值得愛，不配擁有幸福。有人願意跟我在一起，我就很知足了。」

綠萼跟我說這件事的時候，幾度痛哭失聲，無法平復情緒。她當年遠走，很不得夫家諒解，兒子倒沒受什麼苦，從丈夫到公婆，都把情緒發洩在女兒身上，他們有意無意的提醒女兒，因為她長得不像媽媽那樣美，媽媽才會拋棄她離開，又說她的個性這麼孤僻，將來一定得不到男人的真心，等等。

女兒希望可以像她，又懼怕自己像她，在夾縫中長大，一心想要脫離家庭。二十歲時，就和一個三十五歲的男人同居，為他背負卡債幾十萬，爾後的感情生活每下愈況，經歷過幾段感情之後，她的自我感覺變得很差，覺得反正都是要失敗的；都是要受折磨的；都是要被拋棄的，於是，她的潛意識讓她專挑所謂的「爛男人」。因為覺得自己「不配」擁有幸福。

綠萼是個有決斷力的女人，她知道自己無法回到過去改正這一切，只好帶著女兒離開台灣，到沒有人認識她們的地方，重新過生活。綠萼安排女兒去短期學校上課，不斷和女兒傾談，告訴她，她有多麼珍貴，多麼值得熱愛，她在朋友建議下陪女兒上教堂，請求牧師為她們禱告，母女二人都淚流滿面。女兒終於給了她緊緊的擁抱，並且對她說：「謝謝妳，再一次給了我生命。」

一個看輕自己的人，是得不到幸福的，我知道綠萼的女兒終會知道，自己值得。

ROYAL QUEEN
ROYAL QUEEN

有些信心是天生的，
有些則從比較中得來，
無論如何，
都是一件珍貴的禮物。

夢露的七天情人

瑪麗蓮夢露這樣的尤物女神，如同蓮花一樣的美麗，像夢一般難以捉摸，又像露水一樣的脆弱，惹人疼惜。哪怕沒看過她主演的任何一部電影，只要她的一張相片，就能動人心弦。與她牽扯不清的男人和戀情，確實不在少數，好萊塢卻改編了最清純、最短暫，看起來最無足輕重的一段，成為一部感人的小品電影。當瑪麗蓮夢露的性感女神形象擄獲了無以計數的男性，也讓導演勞倫斯奧利佛頗為心動，邀請她到英國拍攝電影「遊龍戲鳳」。

當時的瑪麗蓮夢露剛與美國著名劇作家亞瑟米勒結婚，卻已陷入極無安全感的低潮裡，她覺得米勒對她的評價不好；覺得這個聰明、有才華的男人肯定會棄她而去。同時，她那麼努力想突破花瓶的腳色，成為一個真正的演員，卻因為生活上的紊亂與迷茫，總是遲到，無法準確表演與詮釋，因此受到導演的責難。當她需要支持的時刻，亞瑟米勒必須返回美國，將她遺留在英國，沉到最低處的瑪麗蓮夢露就像攀住一塊浮木似的，攀住了片場中年輕的副導演，那一雙專注深情而無企圖的眼眸。

年輕的副導只有二十三歲，可以像個弟弟那樣的帶著她遊山玩水；也可以像個情人那樣親密地環著她入睡，這男人絕不會批評她、指責她或拋棄她，只希望她快樂。

正因為他對她沒有期望，她因此可以展現出最輕盈、最性感的樣子，她喜歡聽他讚美她，並且知道這樣的話語發自內心，令她拾回自信。

這個舉世矚目的女神，其實只是個患得患失的小女孩。當亞瑟米勒重回夢露身邊，一切就要結束，卻正因為地位的懸殊；永遠無法結合的絕望；如夢如霧的短暫，才能成就這樣完美的浪漫七日情。

安全感

如果決定展開一場新的戀愛與關係，
就不要帶著過去的創傷、憂懼和陰影，
應該歸零。
否則，那就成為品質不良的三人戀愛，註定要失敗。
對現在的情人和自己，都不公平。
先放下，再開始，是道德的。

換男人不如換腦袋

Emily在慶祝三十歲生日的時候對我說：「我送自己的生日禮物就是換一個好男人。」她斷然決定與交往一年七個月的小瞿分手，但是我清楚記得她在二十八歲生日時，才與上一個情人斷絕來往的，剛和小瞿交往時，她也對我們宣佈，這是她一直在尋覓的好男人，還暗示姊妹們存錢包紅包，準備參加她的婚禮。

因此，聽見她要換一個好男人，Emily的表姊莎莎擱下牛排，很認真的問她：「明明是一個好男人來的，為什麼到妳手裡就變壞啦？妳想過沒有啊？」Emily有點被嚇到的樣子，她很委屈的說：「我怎麼知道？剛開始的時候都很好的嘛，為什麼到後來就變得沒耐心啊？」莎莎乾脆放下刀叉，盯著Emily：「問題會不會出在妳身上呢？」「我哪有啊？」Emily喊起冤來：「我每次只要談戀愛都是全心全意的付出，每件事都考慮到他啊，但是，這些男人反而嫌我煩，得到了就不懂得珍惜。」

莎莎說小瞿和她先生一起接工程來做，有時候要出差，Emily常常電話查勤，若沒人接，便奪命連環call，「最多的那一次，打了幾通電話？」莎莎問。「三十四通。」Emily說：「人家著急啊！不然他怎麼知道我在找他，而且很著急？」莎莎對我說：「所以，他們為這件事吵架了。明明知道他去出差談生意了，還狂call個不停。」

莎莎繼續數落Emily，難得小瞿放假想睡到自然醒，Emily卻安排一整天的行程要小瞿陪，小瞿疲於奔命，自然缺乏耐性。「換個好男人，不如換個好腦袋。」這是莎莎給Emily的三十贈言。我想，Emily真正需要的應該是充分的安全感，她該知道過度的緊迫盯人只會令愛情窒息。

昨日魅影

憶雲和阿朗終於走在一起，我們這些關心他們的朋友，都覺得很開心。這原本極可能發展為一段三角關係的，可是，阿朗不喜歡一切複雜的情感，所以，雖然已經喜歡憶雲很久了，卻願意選擇當個守護天使，當她的好朋友。

憶雲認識阿朗的時候，已經有個交往好幾年的男友了，她曾經以為自己會跟男友天長地久的。男友與憶雲的感情不進則退，他們好幾次談到分手，都沒有分成，關係卻愈來愈平淡了。男友漸漸變得不耐煩，對憶雲講話惡聲歹氣，他們最終協議分手。

可能因為阿朗一直在身邊，憶雲失戀之後並不那麼難熬，約莫半年之後，她和阿朗正式戀愛了。等待了這麼長的時間，才可以在一起，我們當然替他們感到高興。可是，事情並不如想像中順利，首先，阿朗發現憶雲常常將他和前男友作比較。這兩個男人都是雙子座的，憶雲常常會說：「你們雙子座的都如

何如何……」用一種瞭解而寵膩的口氣，可是，阿朗不喜歡「你們」這個詞彙，他知道，前男友現在成為他們之間的第三者了。

憶雲看了愛情專家的書，和阿朗討論：「專家說女人常會愛上同一種類型的男人，犯已經犯過的錯。」阿朗只好告訴她：「我跟那個人不是同一種類型的人。」憶雲聽了只是笑，不置可否，這種態度令阿朗不開心，他問我：「她到底在跟我談戀愛，還是跟那個人談戀愛？我有時候覺得她已經搞混了。」我鼓勵阿朗跟她攤開來談，告訴她自己不喜歡她這樣的比較。

阿朗告訴憶雲，他不會是那個人，因為，他會好好珍惜這段感情，他不會讓她不快樂，他不會離開她。憶雲聽了感動的流下淚水來，她在阿朗的懷裡說：「你知道，這些話他以前也跟我說過，可是，他還是離開了。所以，將來有一天，你也會離開我。」

阿朗在那一瞬間忽然爆發了：「我不是他！不要再拿我跟他比了！」憶雲被他的粗聲粗氣嚇了一跳，她哭得更傷心了：「我就知道，我就知道會有這麼一天，你對我吼，就是因為你對我不耐煩了。你已經覺得厭倦了……」

我不知道該怎麼說，他們的關係裡有著昨日的魅影，難以掙脫。憶雲把過去的歷史帶進新的關係裡，一步步逼著自己犯錯誤。她可能以為自己在預防，其實只是在召喚，喚出今日的魅影。

恰巧擦身而過

近來憂鬱症與自殺的話題，忽然熱門起來，很多朋友紛紛在言談中說出自己一直有失眠的困擾，有些甚至懷疑可能有著輕微的憂鬱症。這也許是一件好事，原本，只能封閉在殼裡，無法與他人分擔的心事，終於有機會可以說出口，說出來的那一刻，彷彿便可以輕輕卸下一部分了。

月屏是我很年輕時的朋友，前幾年她去了新加坡工作，結了婚，後來又離了婚，回到台灣之後，我們才又連絡上的。我對她往昔的一段初戀，記憶猶新，那是一個很特別的男孩子，能打籃球還能寫詩，根本就是夢幻逸品。

月屏和男孩的感情很節制，也很浪漫，他們都堅持要談很久的戀愛，要保持熱戀的心情。我最記得月屏二十一歲生日，男友來接她，她穿一件白色的洋裝，側坐在摩托車後座，戴一頂草帽，像隻白色蝴蝶一樣的，穿梭在車陣之中。

男友去當兵之後，月屏每天寫一封信給他，直到男友忽然退訓。這故事急轉直下，男友不告而別，沒有任何交代，只寫了一封信給月屏，說是這段感情帶給他的壓力實在太大，他沒辦法再承受了，希望分手之後，各自尋找幸福。

月屏深受打擊，我們這些陪她療過傷的朋友，都不能忘記。有一天，輪到我陪月屏，我們去淡水坐渡輪，來來回回坐了五趟，直到我暈船了，很痛苦的在岸邊嘔吐起來。月屏幾年後遇見前男友，那個男人已經結婚了，還介紹新婚妻子給月屏認識。沒多久月屏就調去了新加坡工作，我一直覺得她的出國和前男友的重逢，多少有些關連。

前兩年，月屏又見到了前男友，那個男人告訴她，自己很不快樂，已經不快樂許多年，他甚至告訴月屏，當年他被退訓，與月屏分手，都是因為憂鬱症的關係。他說他想和妻子分手，但妻子不願意，妻子總覺得只要看著他，就不會出事。可是，三個月之後，還是出了事，男人自殺去世。

月屏忽然憎恨起那個不肯離婚的妻子，覺得她要為丈夫的死負責，如果她與他離婚了，他也許不會死。可是，那個妻子說，她的丈夫已經自殺了十幾次，這一次只是恰巧成功了。男人雖然有時說要離婚，更多時候卻是哭著求妻子不要離開他的。

月屏聽著這個故事，忽然明白了，自己其實是很幸運的。那一年，她失去了男友，使她成為這場悲劇中，恰巧擦身而過的人。

等你，在iPhone中

新聞報導一個外國男人下定決心遠離網路，關閉手機，回歸純樸自然的生活，三個月的時間，重建了他的人際關係，甚至贏回女友的芳心。看起來似乎不是困難的事，但我想對於已經網路重度上癮的人來說，卻是難如登天吧。

我們隨處見到活在手機或iPhone裡的人，坐車的時候、吃飯的時候、排隊的時候、拍拖的時候，人手一機，專注凝視的不是眼前的這張臉孔，而是長方形、發著亮光的小小屏幕。傳送訊息、上網、玩遊戲，一隻手機，就解決了人類的大部分情感問題，當然，也製造了愈來愈疏離的嚴重問題。

一直很喜愛余光中老師的〈等你，在雨中〉：「等你，在雨中，在造虹的雨中／蟬聲沉落，蛙聲昇起……你來不來都一樣，竟感覺每朵蓮都像你／尤其隔著黃昏，隔著這樣的細雨……等你，在時間之外／在時間之內，等你，在剎那，在永恆。」**正當愛戀中的人，往往能達到天人合一的境界，因為專注於**

愛的緣故，知覺異常靈敏，大自然的一點風吹草動，都能引起我們美好或哀愁的聯想。

時至今日，我發覺深深沉浸在手機裡的人們，連頭都很少抬起，戀人的臉也沒時間凝視，更不用說是環顧世界的樣貌了。

我喜愛的這首詩，很可以改寫為〈等你，在iPhone中〉：「等你，在雨中，在iPhone的雨中／蟬聲沉落，WhatsApp昇起……你來不來都一樣，竟感覺每個遊戲都有趣／尤其隔著黃昏，隔著這樣的細雨……等你，在世界之外／在iPhone之內，等你，在iPhone，在永恆。」有了iPhone，你來不來真的都一樣，愛不愛也無所謂，因為我們都活在世界之外，永恆的iPhone之中。

牽住她阿嬤

黛菲從小是由阿嬤撫養長大的，她的母親在她三歲那年就過世了，至於她的父親是誰，她根本沒見過。

幾年前，她認識了一個有錢的帥哥，他們一起去歐洲旅行，還計劃買一幢古堡度蜜月，黛菲曾經興高采烈的對我說：「妳以後可以到我們的古堡來寫作，那裡很涼爽，是個避暑的好地方。」沒想到幾個月後，就傳來了分手的消息，我以為黛菲很受傷，但她看起來還好。

「為什麼分手？」我問她。「我沒準備離開阿嬤，想一想還是算了。」她這樣回答。

後來我才知道，黛菲的媽媽對感情相當倚賴，為了男人的事與母親鬧得很僵，生下黛菲之後狀況並沒有好轉，帶著黛菲與不同的男人同居，阿嬤後來去警局把渾身是傷的黛菲帶回家撫養，這一養就是三十年。

「如果沒有我阿嬤，我早就死了。」黛菲常這樣說。阿嬤七十八歲那年患了失智症，還好是溫和的那一種，只是突發狀況變多了。黛菲上班時會把阿嬤託給樓下房客，一個補習班老師阿齊。阿齊晚上去上課，白天多半在家裡，有什麼事可以幫忙照應。

好幾次當黛菲接到電話趕往醫院，阿齊已經都料理妥當了。阿嬤睡著之後，黛菲請阿齊去小酒館吃點東西，喝杯酒，才發現這看似平庸的男人，其實很擅長聆聽，他專注的表情有種安定的力量。

前些日子黛菲決定和阿齊走在一起，關鍵點是在於阿嬤從醫院回家的路上，突然認不得黛菲，焦慮緊張的時刻，阿齊走過去對阿嬤溫柔的說話，就像牽著一個小女孩那樣的，牽住了阿嬤。

「阿嬤讓他牽著，走回家。我在後面看著忍不住哭了，他願意牽住我阿嬤，無論如何都不會放開我的手，我想跟他在一起。」不是富有的帥哥，也沒有度蜜月的古堡，黛菲卻找到了一生的倚靠。

浪漫而持久

愛的道德經

愛上一個人並不太難，一直愛著一個人卻不容易。
因為要面對的，是自己與對方的陰暗面，
雙重的壓力和痛苦。
「當作世界末日那樣的相愛」，也許是個好對策。
反正我們只有此刻，掌握快樂比斤斤計較更重要。

來自情人的聖誕卡

和幾個女性讀書會的成員討論讀書心得的空檔，女主人恰恰端出剛剛煮好，冒著熱氣的香濃可可，恰恰的妹妹巧巧將棉花糖串起來，放在火爐上烘烤，大家都聚到火爐邊取暖。這就是我心目中最恬靜美好的聖誕節了。

一抬頭，看見火爐上一整排聖誕卡，小筑首先發出讚嘆：「嘩！什麼年代了，還有這麼多人寫卡片喔？」大家都會心的笑起來。前幾年電子賀卡取代了手寫卡片，如今簡訊又取代了電子賀卡。只有極少數的頑固分子，還堅持書寫與郵寄的聖誕節和新年。

巧巧說，每一年聖誕節前，去書店裡挑選卡片寄給親朋好友，依然是最重要的行程與待辦事項。「而我今年收到最美麗的卡片，是世朋寄給我的。」她笑得就像棉花糖那麼甜。

「拜託！你們在一起有五年了吧？還寄卡片喔？」素馨一臉的不可置信：

「這樣不會太形式化嗎？」

小筑也說：「當我認定要嫁的人是這個男人後，就覺得他是我的家人了。家人哪裡需要寄卡片啊？逢年過節啊，實際一點，包個紅包就行了。」

「紅包當然不能免，卡片也很重要。有些話說著很彆扭，寫在卡片裡不是很浪漫嗎？」

巧巧轉頭問我：「妳會寫卡片給情人嗎？」我點點頭：「我一定會寫給情人的。」再相愛的人相處久了，日子也會變得平凡，甚至乏善可陳，而這些節日或紀念日，正是將平凡的日子變為特別的一種方式，怎能輕易放過呢？

唯有不甘願被粗糙瑣碎馴服的人，才能馴服生活裡的粗糙瑣碎。

「我一直不喜歡過年，此刻卻期待新年的到來，因為有妳陪伴著一起走。」這是來自於一個不擅言辭的情人的聖誕卡，我一直都記得。

定時定量的餵養

珊珊與我約了吃晚餐，剛吃完前菜，手機響起，她對我做出抱歉的表情，推開玻璃門到外面講電話去了。戶外低溫只有八度半，珊珊的厚外套留在座位上，貼著手機的臉卻無比甜蜜。我知道，這是她的情人打來的電話，叫做Kevin的這個男人，總是準時在這時候出現。

珊珊剛認識Kevin的時候，從不把他當成真命天子看待，因為Kevin並不符合她喜歡的男人那一型。「聽他講話還滿有趣的，就只是朋友嘛。」珊珊那時是這樣說的。Kevin的說法確實有趣，他對珊珊說：「不管妳把我當朋友還是什麼，只要我們能常常保持連絡就好了。」珊珊有段時間常到花蓮去出差，搭的是固定的飛機航班，起飛前總會接到Kevin簡訊，很簡單的幾句話：「花蓮下雨了，氣流不穩定的話，就唱唱歌吧。」珊珊去香港出差，搭飛機回台北之前，一定會接到Kevin簡訊：「台北變天，多加件外套吧。」漸漸地，這些簡訊已經成為珊珊生活中的一部分，她只要離開台北就會發簡訊給Kevin，告知自己的行蹤。不管Kevin有多忙，一定會在她起飛及降落時給她簡訊。有一次，珊珊起飛前沒收到簡訊，降落後也沒收到，她忍不住打電話給Kevin，想不到電話竟然接不通。那一天，珊珊六神無主，直到深夜Kevin打電話來，解釋自己沒發簡訊給她的原因，是因為遺失了手機，珊珊聽見他的聲音，失控痛哭。

定時定量的餵養寵物，會培養出寵物對主人的情感和信賴。定時定量的餵養愛情，會讓愛情變得獨特而無可取代。只是，「定時」不容易，「定量」更加困難。

山櫻花的後半生

我在高速公路上奔馳了三個半小時，終於來到埔里，探訪許久不見的老朋友，他們夫妻殷勤款待，總給我一種回到家的感覺。

聚在一起的時候，我們扳起手指計算彼此結識的時間，原來已經相識了二十八年，那時他們倆還是一對戀人。「那麼，你們結婚多久啦？」我問妻子，妻子回答：「十七、十八年吧？」丈夫聽了傻眼：「什麼十七、十八年？都二十七年啦！」我拍手大笑：「我記得十年前問過她，這麼多年過去，她的時間完全停頓呢。」於是，好友夫妻都笑了，妻子一邊笑一邊說：「日子過得這麼快，沒感覺啊。」

我在笑聲中突然有種說不出的感動，他們經歷了九二一大地震，生命都有了很大的改變，卻覺得相伴的歲月如此匆促，幾乎沒有感覺。要有很深的情感才能達到這樣的境界吧？

經由好友介紹，我又認識了一對醫師夫婦，兩人在小鎮上開個診所，醫師娘平常幫忙診所事務，下班後就陪著醫師找朋友聊天、泡茶、遊逛、拍照。醫師娘已經六十開外，穿著粉色長褲，淺紫色毛衣外套，乳色恤衫，繫一條姹紫嫣紅的絲巾，體態輕盈，笑口常開。

醫師揹著新買的數位單眼相機，幫醫師娘在櫻花樹下左拍一張，右拍一張，就像一旁熱戀的年輕情侶一樣。我們在亭子裡泡茶，招呼他們來喝，醫師娘進來時，手心攏了幾朵剛剛落下的山櫻花給我們看：「這麼漂亮，掉在地上多可惜。」一邊說著，她將山泉水注入桌上的玻璃菸灰缸，把落花放在水面，就這樣一個簡單的動作，讓我理解了她是怎樣的女人，以及她的婚姻何以維持得這麼好？

連山櫻花落下的花瓣，都能得到她的疼惜，並延續了花的美麗，對於她愛的人與生活，又何能輕易放棄？

姊姊妹妹的騙局

這個男人，已經喝了太多酒，說起話來舌頭都變大了。他湊到我面前，滿是嘲謔的表情：「妳告訴我，為什麼女人的變化那麼大？結婚之前和結婚之後，為什麼完全不一樣了？到底是一個婚姻，還是一場騙局？」我跟這個朋友認識好些年了，他其實不太習慣傾訴自己的心事，可是，這個晚上，他說了很多話，也喝了不少酒，直到醺醺然。當他問我的時候，我有點震動，因為，這不是我第一次聽見男人問這樣的話了。他們常常感到驚詫和沮喪，結婚前和結婚後，真的是同一個女人嗎？

這個男人在美國留學的時候，遇見了他的妻子，那是個樂觀開朗的女孩。成天笑臉迎人，沒有其他女孩的忸怩，對大家的事務也很熱心。每當有同學要搬家，她肯定會出力幫忙；有人過生日，她就負責烘蛋糕；別人請假不能打工，找她代班絕不成問題。男人覺得這真是個天使般的女孩啊。

他記得有一回，大家一起開車去洛磯山脈玩，在湖邊露營，天將亮的時候，他起身上廁所，竟看見裹著紅毯子站在湖邊的她，紮著兩根辮子，像個印地安女孩。他問她怎麼這麼早起床？她說，她想等太陽昇起。男人可能對於早起的女人都有種莫名的信賴與心動感覺，因為他們的母親總是比他們早起。

男人和女孩迅速墜入愛河，懷了孕，結了婚，男人找到一家競爭激烈的公司上班，每天工作十二個小時以上。他的妻子再不早起了，也不做家事，當然不烘蛋糕，後來他才知道，她懶得去工作，只想過著悠閒的生活。到美國留學的終極目標就是找一個有前途的男人結婚，倚靠終身。

在計程車上我聽見〈姊姊妹妹站起來〉這首歌，裡面唱道：「十個男人七個傻、八個呆、九個壞，還有一個人人愛，姊姊妹妹跳出來，就算甜言蜜語把他騙過來，好好愛，不再讓他離開。」姊姊妹妹要怎麼設下騙局騙男人，是各憑本事的，倒是要能「好好愛」，才能讓男人甘心受縛，永不離開。

我站在這裡就好

有個男生到我面前來，說是有問題要請教我。

「我想跟社團裡的一個女生告白，但是，要怎麼告白才比較容易成功？」

我笑起來問他：「你有沒有想過，如果對方不能接受你的情感，該怎麼做呢？」男生搔搔頭，有點尷尬的說：「告白失敗喔？那真是超糗的！我想我會躲起來不再見她了吧。」告白之前，一般人總想著怎麼做才會成功，卻沒思考過，如果失敗了又該如何？苦苦糾纏當然是適得其反，但若是從此人間蒸發或是翻臉不認人，那麼，這告白的情感真是一點也不珍貴。

我想起近來聽過最令人喜悅的告白故事，發生在四十二歲的朋友玉喬身上。玉喬年輕時結過婚，嫁給一個熱情的男人，這男人當了丈夫之後的熱情轉移到別的女人身上，讓玉喬草木皆兵。為了斬斷丈夫的桃花，她辭去當時正在顛峰的工作，與丈夫一起移民到紐西蘭，還生了兩個孩子。最終丈夫依然出軌，玉喬精神崩潰，離婚之後獨自回到台灣。

那一年她三十五歲，對愛情徹底絕望了。這幾年與表姊一起經營網路養生食品，倒做得有聲有色。公司裡有個三十歲的男同事保羅，與她的工作搭配得很好，私底下相處也很融洽，放假的日子常常相約去騎腳踏車。玉喬覺得保羅隨時可能向她告白，卻又擔心如此一來他們連朋友也做不成了。「我覺得自己不適合他，他這麼年輕，有很多機會。」玉喬苦惱的說。「一直為他著想，妳都沒想過妳自己嗎？妳對他有沒有感覺啊？」我只想開門見山。玉喬沒有回答。

保羅告白之後，玉喬依舊告訴他自己並不適合，因為她對愛情沒信心。「我不會前進，也不會後退，請讓我站在這裡就好。」保羅誠懇的說。不知為什麼，我覺得他們終究會在一起的，因為這樣的請求太動人。

我不會前進，也不會後退，
請讓我站在這裡就好。

熱被窩，冷腳丫

女人的腳到了冬天，總是冰冷的，男人的卻暖和得多。當兩人戀情最濃烈的時候，常會有一個經典畫面，男人把女人的腳捧在手裡，為她按摩，讓她的腳可以溫暖。我聽過一個更動人心弦的場面，是個外國男人，愛上一個台灣女孩，他們一起去美國某個東岸的城市出差，開車開到半途，正好遇見大風雪，阻住了道路，兩人只得窩在車上發抖。女孩的全身冰冷，男人把圍巾給女孩圍住，女孩卻還是冷得很，男人索性把女孩的鞋子脫掉，將她的一雙冰冰的腳，貼放在自己的腹部，為她取暖。

聽見這個故事的時候，我們都很年輕，忍不住尖叫讚歎，一直追問女主角，有沒有和那個男人談一場異國戀愛？女孩說，男人做出這個動作，她覺得自己宛如珍寶，確實很感動。可是，男人比她大二十歲以上，看著他的禿頭和大肚腩，那些浪漫的情愫自然消失了。「如果一輩子都是大風雪，我可能會跟他在一起吧。」女孩做出這樣的結論。

我的另一個朋友美群，有一段起死回生的感情經歷，也是與冷腳丫有關的。美群和丈夫戀愛沒多久就結婚了，結婚之後，感情更好。冬天夜晚很冷，先生泡完熱水就鑽進被窩等她，她洗完澡卻還要東摸西摸，等到上床的時候，雙腳已經冰冷了。丈夫習慣性的用自己熱呼呼的雙腳，捱著她的腳，直到她的腳也變得溫暖，才相擁著入睡。

結婚十幾年之後，丈夫疑似有了外遇，他們發生過幾次爭吵。冬夜裡，美群鑽進熱被窩，她的腳碰到丈夫，丈夫觸電一樣縮回腳：「很冰耶！」不耐煩的抱怨一聲，美群流了一整夜的淚，她知道，丈夫確實變了心。

她努力挽回感情，也努力開導自己，就在她想要放棄的某一個冬夜，鑽進熱被窩的美群，小心的縮起自己的冷腳丫，丈夫卻用自己的熱腳捱過去：「我幫妳暖暖腳吧……」美群相當詫異，丈夫擁住她：「妳不要離開我。」她知道，自己的感情風暴已經過去了。

時間與時機

有一次，在我的演講場上，一個男孩子問了這樣的問題：「如果喜歡一個女孩子，要等多久才可以牽她的手？多久才可以親她呢？」這問題一出現，許多人都忍不住笑了。「你要問的是時間表嗎？」我也笑起來。男孩子用力點頭。「時間表是因人而異的喔，年輕的時候，我的時間表是以年來計數的，現在可能是以天來計數的了。」場子裡的人們笑得更大聲，有許多女人都是會心之笑。

男孩子的苦惱，並不因為我們的笑聲而獲得解決，他說：「我跟一個女孩子在交往，我第一次想要牽她，她就說，時候還沒到。我不敢再輕舉妄動了，等到過了一段時間，她忽然說，可以牽手了。可是，我覺得那個情緒已經不對了，怪怪的，好像是聽命行事，不是真的想牽她的手。」

我想，我可以懂得他的心情，也能理解女孩子的心情。男人在戀愛中感覺

的是「時機」，這是個牽手的時機；這是個親吻的時機；這是個上床的時機，不放過任何可能的時機，等的是「有機可趁」。女人卻大不相同，女人在意的是「時間」，要有足夠的時間等待和醞釀，要有足夠的時間說足夠的情話，去軟化女人的心，足夠的時間去製造浪漫氣氛，等的是「日積月累」。

正因為男人要的只是時機，女人更必須要緊緊防守著，不能讓對方輕易的越過雷池一步。女人也相信太容易讓男人有機可趁，並不會得到男人的珍惜與尊重，男人願意奉獻的時間也就愈少。

當男人還沒找到時機的時候，只好花費時間與女人在街上逛來逛去，去電影院裡坐在黑黑的空間，或者去登山、去賞花，這些都是不得已的。等到男人一旦找到了時機，他就不想再去人多的地方，或是光亮的地方。約會的時候，他的眼睛四下搜尋，找個黑暗的角落，找個四下無人的地方，才能有更多更親密的接觸。「我們去逛逛街吧」；「我們去山上看花吧」，女人在無人的暗處儘管提出這樣的要求，男人卻表現得全無興趣，「何必浪費時間呢」，這是男人的回答。

女人口耳相傳與經驗累積，使她們學會，用時間與男人的時機角力，看看能不能贏得最後勝利。

絕對專一的自制

「那一年我在日本讀書，沒有獎學金了，我太太就飛過來幫我。她一邊工作，一邊照顧兩個小孩，一大早起來，幫小孩做飯，送小孩上學，然後自己要搭車一個多小時去上班。晚上下班還要買菜，回家煮飯給我們吃，做完家事才能休息。」

這是在維多利亞港邊的午餐，我聆聽著一位叱吒風雲的企業家，談著年輕時與妻子胼手胝足的過往。另一位企業家在一旁補充說明：「我們張總裁疼太太是出名的，不只是當著太太的面，就算是太太不在身邊，也都是誇讚啊。」張總裁呵呵笑著：「我常常說，下輩子要當女人啦。像我太太這樣好命，她在家裡的地位愈來愈高，我的地位愈來愈低。」

當大家笑著舉杯的當下，我環顧著這些成功企業家，忽然得到一些啟示。他們對結髮妻子的專一，會不會也就是他們成功的祕訣之一呢？

「完全專一，絕對自制」，是在感情上的態度，會不會也是一種人生哲學？當一個男人從白手起家到億萬身家，得經歷多少考驗？面對多少誘惑？而他始終記得最初牽著他的手，早出晚歸，任勞任怨的女人。

他願意把自己擺得低一點，再低一點，給她更多的尊寵與厚待。因為，不管歲月如何流逝，看著她的時候，往日的光芒便溫柔的籠罩。莫忘初衷，在情感上成為一種個人標誌，也使他在商場上更無所畏懼，獲得更多的推崇。

許多大企業家的第二代，是名符其實的「二世祖」，遊手好閒，東不成西不就。而我暗中觀察，這些在情感上專一，夫妻關係和諧的企業家，培育出來的孩子，也多有傑出表現，成為父母親的驕傲。他們領受到的身教，在面對世界的時候，有更篤定的目標與自信。

鏡頭中永恆的笑顏

芬芬和芳芳是一對姊妹，她們的攝影師父親常會帶著學徒回家過節，芬芬十八歲那年，一個叫做查理的年輕學徒，闖進他們的生活。

他是攝影師父親相當看好的一位繼承人，甚至很想將未來的事業交給他。查理的相機裡拍攝了數不清的芬芬與芳芳姊妹合照，到後來便都是芬芬個人的照片了。不管是她在走路，或是閱讀，吃點心，喝水，發獃，皺眉與微笑。

就在芬芬二十歲那年，查理正式向師父表明，他不想再做人像攝影的工作，自然風光的拍攝，才是他的人生職志。同時，他製作了一整本相簿，送給芬芬，全都是芬芬的笑顏。芳芳在一旁對落淚的姊姊說：「就是他了吧。」

與查理在一起，意味著芬芬要遠離家鄉，天涯海角隨愛飄流，但芬芬別無選擇，她愛查理，愛查理鏡頭裡的自己。

查理在歐洲工作進修好多年，收入不固定，芬芬只能在餐館打工，貼補家用。查理有時一出門工作就得要幾個月，芬芬照顧女兒、採買、操持一切家務，有時候累到站著搭公車都能睡著。

芳芳來看姊姊，說服她回台灣過生活，家裡人手眾多，不必一個人硬撐。芬芬悄悄地搬出大箱子，開始篩選必須攜帶的物品，而曬得黑黝黝的查理回來了，明顯吃了許多苦，也帶回不少錢。他在庭院裡為女兒拍了許多照片，並且對芬芬說：「只有妳和女兒，是我永遠的模特兒。」芬芬默不作聲，將大箱子裡的物件一樣一樣拿出來，大箱子又鎖進櫃子裡了。

這個故事是芳芳講給我聽的，她說查理一直沒有成名，但芬芬一直沒有離開他，沒有放棄過這段情感，因為他對她的專一與熱烈，令她感覺到自己的獨特，她是他鏡頭中永恆的笑顏。

耐心體貼

愛的道德經

戀愛時，我願意說許多甜言蜜語，
願意當一個甜蜜的情人。
因為人生多波折與磨難，我們仍甘願為彼此付出，
多麼難得。
戒不了甜。在愛中甜蜜一點，是道德的。

她睡著的樣子好美

我的朋友阿明，個性溫和，常常看不出他真正的情緒。有一次朋友們聚在一起討論，如果半夜睡不著覺，很想找人說說話，那會找誰？五個人裡有三個都指著阿明，他忍不住笑起來問：「我對你們來說，就只有半夜說說話的功能嗎？我還有其他的功能啊，為什麼不試試看啊？」那三個半夜想找他說話的恰好都是女人，聽了這樣的回答，大家笑得更開心了。

三個女人中有個叫娜娜的，每次遇見戀愛中的煩惱，都找阿明傾訴。「他是男人啊，比較瞭解男人的想法嘛！而且，他又保密，不會到處亂說。」我想，娜娜還沒有察覺到的是，她信任阿明。因此，當她又遇見一個「爛男人」，幾次分分合合，在夜店裡把自己灌醉，還記得打一通電話，拜託阿明來接她回家。

阿明並沒有送她回家，而是把她帶回自己的套房裡，雖然阿明已經有了一個論及婚嫁的女友，他還是這麼做了。

娜娜到了阿明家並不安分，哭得一把鼻涕一把眼淚，又嚷嚷著要回家，像個布娃娃，還是破舊脫線的那一種。阿明心裡知道，必須在天亮之前，把娜娜送走，否則，來送早餐的女友會抓狂，但是，他卻沒有這麼做。

女友提了熱騰騰的豆漿和酥餅，用鑰匙開了門，便看見床上睡著的娜娜，沙發上坐著疲憊卻沉靜的阿明。女友當然知道娜娜，她一言不發，放下雙人早餐，就離開了。阿明打了三天手機，女友都是關機狀態，簡訊留言也等不到回音。

阿明來找我的時候，我只問他一個問題：「為什麼不送走娜娜？」他說：「我本來是這樣想的啊，可是，她睡得很熟。妳知道……她睡著的樣子好美。」

她睡著的樣子好美；她醉酒的樣子好美；她說說笑笑或落淚的樣子都好美。在戀者的眼中，那對象怎樣都美。

我想，阿明明白了，阿明的女友也明白了。只是不知道，娜娜明不明白？

暫時消失就好

我的朋友欣欣和男友吵架，口不擇言地吶喊：「我不想看見你，請你從我面前消失！」男友佇立片刻之後，開門走出去，摔門的聲音那樣空洞。欣欣走進他們兩人的臥室中哭了一場，累得睡著了。醒來已是黃昏，仍沒有看見男友，她打他的手機，才發現手機根本沒帶出門。她忽然感覺驚惶與懊悔，打了電話給我，才剛接通，就哽咽了。

欣欣說她並不是真的不想再看見男友，也不是真的希望他消失。如果他真的消失了，該怎麼辦呢？

欣欣在美國留學時，住在寄宿家庭，遇見對她很好的一位美國媽媽，那位媽媽和她談心時，說起小時候有個雙生弟弟，比她聰明又討人喜愛，她被冷落的時間久了，不免有些怨恨，心中常常想著，「如果他可以消失就好了」。結果，彷彿她的心願被應允那樣的，雙生弟弟在入小學之前，某一天就在家門口消失，再也沒有出現。美國媽媽已經滿頭白髮，說起這段往事，依然痛哭失聲。

欣欣被這個故事震撼，久久難以平復。除非不再喜歡一個人，除非真的不想再看見那個人，否則，怎麼能期望對方消失呢？「我其實是很愛他的啊！」欣欣在夜晚來臨時，低抑的哭泣著。

這件事的結尾是男友拎著兩個夜市的烤肉便當回來，他說他不知道要到哪裡去，在公園裡逛了半天，看見一對老夫妻相伴坐著，妻子餵中風的丈夫吃麵包，還把丈夫落在身上的麵包屑撿起來，津津有味的吃了。欣欣的男友說他看得傻了，忽然好想回家，好想抱著欣欣請她不要生氣。

欣欣用力擁抱住男友，對男友說：「我不是真心希望你消失的，只要暫時消失一下就好。」**暫時消失一下，有時候是一種幸福。最重要的是，消失之後，有人等著你回來。**

捷運上的絮語

我在捷運上聽見這樣的對話。「以妳的標準，他肯定是帥哥囉？」「真的不是！他真的很醜！」「只是比妳以前那些男友醜吧？應該還是不錯的，否則妳怎麼看得上？」「我跟妳說啊，每次跟他見面之前，我都有心理準備，這男人真的不好看，他的優點不是外表，可是，真的看見他出現的時候，心裡還是會跳一下，喔，怎麼這麼醜！」「所以，你們會在一起，是因為『他很醜可是他很溫柔』嗎？」「他真的很溫柔。他是我遇見過最能掌握的一個男人了。」交談著的兩個女人穿著入時，約莫三十幾歲，我聽見了那個關鍵詞，「掌握」。

女人在十幾、二十歲時，追求的或許是外表，一個好看的男人，一種閃亮的感覺，讓別的女人羨慕或嫉妒。然而，為了維繫這樣的關係，許多女人也吃了不少苦，忍受許多不必要忍受的情緒。於是，才漸漸明瞭，自己想要的是可以掌控的生活，可以掌握的情人，不必小心翼翼，委屈求全。女人到了三十幾歲，在工作上多半已經得心應手，在情感上更需要多一些體貼與成全。

女人對愛情與伴侶的要求，其實是一直在改變的。

不久之後，我在捷運上，聽見一對母女的交談，五、六十歲的母親對女兒說：「他退休之後，我的壓力真的好大，偏偏妳又搬出去住了。」女兒說：「妳知道我也是不得已的啊。妳都跟他生活一輩子了，有什麼事情好好講嘛。」「我難道不想好好講？他就根本不想聽啊，一點耐心也沒有，動不動就發脾氣，好像我都是錯的！我對他低聲下氣一輩子，他到現在對我一點耐心都沒有……」

伴侶關係到後來，只要願意耐心傾聽，便是一個理想的情人了，女人的要求變得這麼簡單，卻還不一定得到。

最棒的生日禮物，是情人送的；
最貼心溫暖的安慰，是情人給的；
最有力的支持與倚靠，也是來自情人。

女人難愛才可愛

兵兵在專欄裡看見我寫的〈有些女人很難愛〉，表示相當同意，卻要補充說明：「女人難愛才『可愛』。」我聽了大笑，兵兵這些年來專挑難愛的女人愛，感情生活充實豐盛。而兵兵不是個大男人或小男人，她是個女同志。

兵兵第一次愛上女人，是在國中時，愛上了她的英文老師，她們相差近二十歲，直到現在，英文老師生日她們還是會歡聚，老師甫成年的女兒也會參加。「發自內心的欣賞和讚美，專心一致的愛慕著那個女人，就會發現那個女人無比的美麗。」這是兵兵的愛戀女人祕笈，她每次都是全情投入的，雖然時間無法持續太久，但是分手之後總還能保持不錯的關係。

三十歲之後的兵兵，成了熟女的最愛，尤其是在兩性關係中挫敗的女性，她們的共通性就是主觀強烈，喜歡控制場面，自尊心大過自信心，兵兵的最高指導原則是：「跟著她們的步子走就對了。」

當她的情人表現強勢時就讓她們作主；當她的情人軟弱時就把她們當小女孩愛寵；情人忙碌時不去煩她們；情人空閒時幫她們找樂子。乒乒是ＳＯＨＯ族，自己當老闆，簡直就是為了當理想情人而做的生涯規劃。乒乒說她得到過最棒的生日禮物，是情人送的；得到過最貼心溫暖的安慰，是情人給的；得到過最有力的支持與倚靠，也是來自情人。

「這些女人可以是情人，也可以是母親；可以是好姊妹，還可以是最好的同盟與參謀。她們的感情厚重，目光銳利，不拖泥帶水，更不會讓你時時感覺愧疚。」聽著乒乒這樣下註腳，我竟有一種被了解的感動，差點淚光閃閃。

「要不要和我戀一場啊？」聽見這句話，我大笑起來，難愛的女人並不難取悅的。

食玩女人

和朋友約下午茶，提早到了，當然不能放棄到超市逛逛，沿著一排排貨架，隨意瀏覽。忽然聽見一個男人的聲音：「可不可以麻煩妳，幫我一個忙？」我轉身，看見一個乾乾淨淨的男孩，有些靦腆緊張，對著我微笑。他指著身邊的食玩，對我說：「我想抽一個食玩，但我怕自己手氣不好，抽不到想要的那個。」

我走近一些，看見那是一組糖果屋的可愛食玩，各種顏色的水果糖和棒棒糖，色彩繽紛的裝在不同的容器裡，全都是迷你的尺寸。「哇！真是超可愛的。」我由衷的讚歎：「你蒐集這些喔？」「不是啦！是要送人的。」他倏地湧起深深笑意：「是要送給我喜歡的女生的。」

我想起也愛食玩與盒玩的那個朋友Ashlyn，常常向我訴苦，男友看見她買食玩就生氣，覺得她很幼稚：「這明明是小孩子才喜歡的東西。」家人也帶著嘲諷的意味批評她的這項嗜好，母親說：「妳真的應該趕快結個婚，生個小孩養一養，就不會這麼無聊的玩這些東西了。」姊姊一看見她買食玩就撇嘴：「浪費錢！沒有意義的東西。」Ashlyn有一次發了火，將食玩收成一大袋，沒好氣的對姊姊說：「我哪裡浪費錢？這一整袋還沒妳尾戒上的石頭貴！我把沒意義的食玩丟了，妳也把尾戒丟掉！」從此再沒人批評她了。那是她心靈的避風港，她隨時可以進入的理想世界。而她需要的不是小孩，不是結婚，只是一點了解。

我後來請超市小姐幫忙，找出那個男孩很想要的食玩。「他已經買過好幾個，都不是最想要的。他想送給女朋友，完成一個小女生的願望。」超市小姐心領神會的微笑，輕巧拆開盒子幫男孩做確認。

「謝謝妳。」男孩笑著對我說：「但她已經三十五歲了，不是小女生。」我點點頭，那真是個幸福的食玩女人啊。

我今天收到花了

在七夕情人節那天，我收到一封mail，主旨寫著「我今天收到花了」，看起來似乎有點矜誇的意味，也可能是個病毒，但，基於好奇，我還是開啟了它。

那是一篇中英對照的短文，大意是說：「我今天收到花了，但今天並不是什麼特殊的日子，而是因為他昨天動手打了我，摔我撞牆又勒我脖子，我知道他不是故意的，我知道他也很難過，因為，他今天送我花了／我今天收到花了，今天不是母親節，也不是什麼特殊的日子，昨晚他又揍我了，比之前更狠更嚴重，我想過要離開他，可是誰來照顧我的孩子？我怕他也怕離開，我知道他也是難過的，因為，他今天送我花了／我今天收到花了，今天是個非常特殊的日子——我出殯了。昨天他終於殺了我，把我活活打死了。如果我有足夠的勇氣和力量離開他，我今天就不會收到他的花了。」

原來是這樣的一個送花故事。這樣的送花事件一點也不陌生，有個在醫院任職的朋友就說，她常看見因為家暴住院的女人，收到男人充滿歉意的花束。花束愈繁盛美麗，表示女人受的痛苦愈慘烈。她因此拒絕收到情人送來的花，彷彿那是一個可怕的咀咒。

有個法官的朋友常常要處理家暴的案件，她說這些年來，法律已經站在受害者這一邊了，家暴法施行之後，對於受害人提供了更有效的保護。丈夫若因施暴而被訴請離婚，妻子是有很大機會可以獲得子女的監護權的。聽朋友這麼說，我當下樂觀起來，覺得問題都是可以解決的。法官朋友嘆了一口氣，法律固然可以規範人們的行為，卻規範不了內心活動。法院把受害者放在一個安全的地方，與加害人隔絕，卻隔絕不了親情或感情的呼喚。他們往往破鏡重圓了，而新的傷害又再發生。

犯錯與道歉的輪迴；送花與愛情的迷思，像鬼魅一樣糾纏不休。

信任與猜疑

愛的道德經

痴，很動人的一個字。
仔細想想，痴，就是知覺生病了。
剛開始病的時候是可愛的，
病得厲害就可怕了。
傷害別人和自己都沒有感覺，
因為，知覺生病了。
在無情與痴情之間，我願取其剛剛好，
自在而知覺的相愛。

愈親密愈多謊言

我乘坐的計程車剛剛從高架橋下來，正經過圓山，要往外雙溪去。司機先生的手機響起來，他接通電話，隱約可以聽見女人的聲線，他大剌剌地問：「怎樣？」顯然是熟人才會用這種語氣：「嗯，嗯，妳在哪裡？天母喔。嗯，不行耶，你們自己坐車啦。我現在有客人……不方便啦，客人要去板橋。」說這句話的時候，他的眼光從後視鏡瞄了我一下，我若無其事的把眼光轉向窗外，卻覺得自己好像共犯。這個男人說謊。不管他是為什麼原因不想去接那個女人，他都說了謊。並且，因為他對女人說謊，我便幾乎可以判定，他們之間的關係必定非常親密。

非常親密，到達必須要說謊的地步。

我們使用手機，隨時追蹤他人的行跡，每一刻都可以知道他在哪裡，在做什麼。好像有了手機，我們便可以安心，便覺得關係或感情都更加穩定，事實上，只是讓更多人有機會訓練自己的說謊技巧與內容。

在某些偷情賓館裡，還有特別設計為偷情男女做掩護的音效，只要按下一個鍵，就會發出像是機場啦、火車站啦、百貨公司啦，各種公共場所的聲音。查勤的人被矇混過去了，偷情的人也可以為所欲為了。

香港的電訊公司推出一款手機，是可以立即攝影的，可以看見雙方通話者的樣子與周圍環境。你說你在尖沙咀嗎？你說你在火車上嗎？你說你在寫字樓嗎？你說你和同事在吃飯嗎？拍給我看啊。我相信有一陣子人們必須要對另一半誠實點，但，過不了太久，就會發明出一種掩護程式，不管你在哪裡講電話，都能自行設定背景，背景還能動，會發出聲音，幾可亂真。

整個世界都在幫人說謊話，因為謊話是保持親密關係的重要配備。

枕邊嫌疑人

被綁架十八年的美國女童潔西，已經成為兩個女兒的母親，她陪著嫌犯走進了警察局，說出自己的身分與遭遇，這條新聞震驚全世界。嫌犯綁架了女童之後，將她囚在自家後院，不見天日的悲慘生活中，還生下了嫌犯的兩個孩子。若從孩子的年齡推算，潔西十四歲就成了母親，只是唸國中的年紀。十八年來潔西的處境，令人不忍聽聞。而那綁架了十一歲小潔西，前科累累的五十八歲男子，竟然還對媒體說，如果慢慢瞭解這件事，就會發現，這是最打動人心的溫馨故事……

我在晨報讀到這則新聞，並且注意到一段小小的描述，關於綁架案的另一位關係人，那就是潔西的繼父。潔西在上學途中被綁架，她的繼父看見之後，騎著腳踏車拚命追，卻沒能追到。因為他是最後看見潔西的人，可能也因為他的「繼父」身分，使得他遭到了警方的調查與懷疑。於是，這個繼父懷著愧疚感——為什麼沒能搶救潔西——忍受著異樣眼光，生活在陰影之中。最終，他失去了婚姻，這好像也是必然的結果。

潔西的母親該如何自處呢？當大多數人都懷疑她的枕邊人，而她作為一個母親，不免會想，對於枕邊人的情感，是否感性多於理性，而沒能瞭解到一些真相呢？她的心中是否漸漸產生了裂痕，使她難以面對這一切？我們看過太多小說、電影與新聞事件，不斷提醒、暗示我們，嫌疑最大的往往就是妳的枕邊人。

潔西十八年後出現，聽見這個消息，她的母親與繼父在電話中相對痛哭了十分鐘，繼父對記者說：「終於可以還我清白了。」

而這十八年來的煎熬與痛苦，除了痛哭，還能如何？**哪怕是在摯愛的懷裡，不信任的感覺仍令我們惴惴難安。**

迷途知返，然後呢？

麗敏和阿裘相戀已經四年多，雖然大家總不看好他們，卻一路風雨相隨，終於成為平順的情人。阿裘在公司裡訓練新進員工，遇見一個學妹，巧笑倩兮，熱情活潑，「學長、學長」嬌媚可人的喚著，竟把阿裘的心給喚活了。他忍不住雀躍，藉著見習之名，帶著學妹出差，尋覓美景與美食。

這段曖昧情發展了半年多，阿裘發覺學妹的占有欲特強，情緒起伏很大，他決定迷途知返，向麗敏坦承一切，請求她的原諒。麗敏度過兩個星期恍神的日子，在阿裘的懺悔痛哭之中，接納了他。

阿裘向麗敏求婚，並且積極的準備婚事。麗敏卻進入一種無人可以知解的狀態中，她的情緒常忽然直直墜落，用生疏的眼光注視著忙得興沖沖的阿裘，為什麼他可以像什麼事都沒發生過一樣？光是挑結婚戒指她就看了幾十種款式，沒有合意的。

阿裘苦笑地說：「是戒指不合意？還是我不合妳的意啊？」麗敏為這句話又發了頓脾氣，三天不接阿裘電話。

於是，她心力交瘁來找我。「我曾經那麼信任他，那麼愛他。可是現在，我再也沒辦法信任他了。」「那麼，妳還愛他嗎？」麗敏的眼淚落下來，點了點頭。我想，若已經不愛，也就不會那麼痛苦了吧。就因為還愛著，無法離開，卻又不知該怎樣往下走，才會進退維谷。

「把過去的一筆勾銷吧！」我對麗敏說：「就當作是新認識的，很喜歡的人，沒有歷史，只看現在與未來。」

因為，**曾經背叛的包袱太沉重，她根本馱不動。疑懼已經成為他們感情中的第三者，揮之不去，隨時等待著摧毀他們的愛情**。學妹已經出局，「疑懼」卻穩穩坐上第一把交椅，阿裘迷途知返而徒勞無功。

我們信任一個人，
是因為這個人的長情、負責與耐心。
一個人能讓另一個人信任許多年，
裡面必然隱藏了深沉的愛意。

走出陰影再戀愛

筱佩的初戀是從謊言開始的，男友謊稱單身，等到感情很深了，筱佩才赫然發現自己原來是個「小三」。在難捨難分的拉扯之下，歷時一年多才從三人世界變為二人世界。筱佩和男友平靜生活了半年多，發覺男友似乎又劈腿了，她非常傷心，憤而自殺，男友愧悔回頭，他們重修舊好。

後來，男友在網路上創業，周轉困難，又向筱佩借錢，她抵押了新買的套房，將貸款借給男友，孰料男友的合夥人惡性倒閉，男友宣稱沒臉見筱佩，竟也不知去向。筱佩找來私家偵探查訪男友下落，最後在汽車旅館找到男友，那男人與公司女同事雙宿雙飛，過著挺滋養的日子。

筱佩和男友分手後，曾經對我說：「如果把我和這男人的爛事寫成小說，起碼二十萬字沒問題吧？版稅分我一半，讓我還貸款。」那時她正在看心理醫生，情緒不太穩定，我勸她以後自己寫吧，寫作也是一種療癒啊。

而她一年之後去大陸出差，認識了一個賣鞋子的男人。那男人一直盯著筱佩的腳看，接著開口拜託她當鞋子模特兒：「妳的腳實在太美了，讓我拍了照片放網路上，每賣掉一雙，我就分紅給妳。」為了貸款，也為了好玩，筱佩同意了。他們的合作很順利，據賣鞋男的說法，銷量多出百分之三十以上，筱佩每個月能領到一萬多元，同時，他們也從合作夥伴變為情人。

只是，筱佩受不了賣鞋男與前妻見面；也無法接受賣鞋男與大陸女同事出差，她總覺得這男人也在欺騙她，對她說謊，會令她人財兩失。她甚至在夜半時分突然痛哭起來，驚醒枕邊人，要他交代與前妻見面說過什麼話？

這段感情終於畫下句點，因為她還沒走出陰影，無法再戀愛。

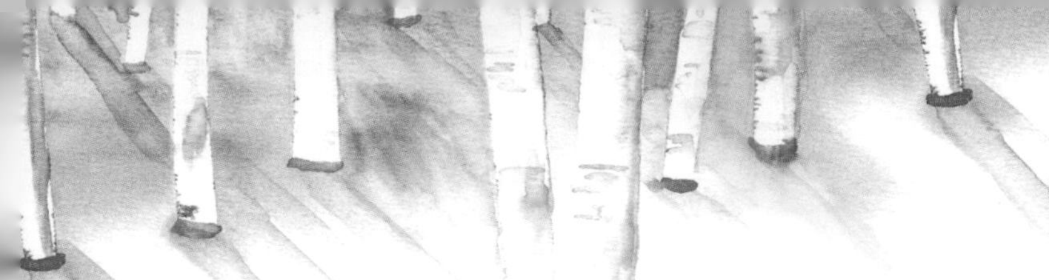

公用電話的祕密

我的手機突然壞掉，卻又和人約了談事情的那一天，確實有點狼狽倉皇。因為太仰賴手機，所以，相約的時間地點都沒講定，只以「手機連絡」待續，就各自去忙了。我在街上找公用電話，這才發現，自從手機大量使用之後，公用電話的數目便減少了許多。好不容易找到電話，又發現身邊根本沒有ＩＣ卡，買來卡片插進機身，我忽然怔忡，有多久沒打過公用電話啦？

還很年輕的時候，我遇見一個沒有工作的男孩子，他的藝術天分和才華，以及有點古怪的脾氣，都很吸引我。最重要的是，他對我很好，可以說是有求必應的狀態，我確實很需要這個朋友，不管那是怎樣的一種情感。可是，我的父母親並不喜歡我和他常常連絡，於是，和他連絡這件事也變成了生活裡小小的叛逆與冒險了。

我不能在家裡打電話給他，所以，我總是打公用電話給他。他從沒問過我

為什麼不在家裡打電話，也沒問過我為什麼囑咐他別打電話來我家，只是在每一次接到我的電話的時候，聲調裡顯現出過多的喜悅。「嘿。」他聽出我的聲音，就會發出這樣的單音。「嗨。」我聽見他接起電話，也就覺得輕鬆了。「妳現在在哪裡啊？」他每次都這麼問。於是，我便會描述自己所在的位置，形容電話亭外的風景，三分鐘，把話講完，心滿意足掛電話。

三分鐘能講什麼呢？記不得了。可是我一直記得，因為感覺到他在彼端陪伴，而充盈著小小的幸福。

後來我們斷了連繫，看見藍色的公用電話，我的手指被號碼按鍵誘惑著，蠢蠢欲動。我只好用力轉過頭去，不看它。

「看見打公用電話的人，我都覺得他們有什麼祕密。」朋友音舒這麼說。她頭一次看見老闆用樓下的公用電話講話，卻不用公司的電話，也不用手機，就覺得怪怪的，後來老闆娘跑來大鬧，證實了老闆有外遇。一年多之後，音舒有一天去看姊姊，姊夫還沒回家，她吃完晚飯騎機車回家，竟然看見離姊姊家五分鐘的市場邊，姊夫正在講公用電話。音舒說她的血一下子全衝上腦門，不知道該怎麼辦才好。半年後，姊姊終於發現了姊夫的外遇。

到底是誰，在什麼情況之下，會去使用公用電話？他們隱藏的是什麼祕密呢？

整個世界都在幫人說謊話，
因為謊話是保持親密關係的重要配備。

因爲只能相信他

杜麗與春和是大學同學，那一年我剛站上講台教書，就遇見他們。杜麗被同學拱為班代，心裡很不樂意，春和半推半就的當了副班代，兩人一起處理許多事。那年因為選修課與必修課的問題，學生們和系上發生一些歧見，矛頭全指向負責溝通連繫的杜麗，杜麗心力交瘁，剛好又和男友談分手，瀕臨崩潰邊緣。我看她實在撐不下去，便請春和幫忙解圍。春和話說得不多，卻總能恰如其分，果真化解了同學之間的猜疑。

有一次，我在校園裡看見杜麗與春和的背影，忽然感覺到一種寧靜的融洽，有種什麼樣的微妙感覺一閃而過，卻只是瞬間消逝，因為，他倆都有交往的對象。畢業之後杜麗去了美國念書，春和當完兵進入廣告公司。我和他們的連絡漸漸少了，只是偶爾聽聞這兩個人依然單身。

今年中秋節前，我接到杜麗電話說是要送餅來給我，忙碌之中我以為是月餅，沒有太在意。結果送餅來的人是春和，他說：「我幫杜麗送喜餅來給老師。」我驚喜的接過來：「杜麗要結婚啦？新郎是誰？」我看見喜餅上的小卡片，寫著春和的名字，一時之間簡直說不出話來。

杜麗後來告訴我，她一直覺得春和不是她喜歡的類型，但是，將近二十年來，她在國外需要買什麼東西，都麻煩春和，春和總能幫她辦妥；她回國之後，年邁的阿公常需要看醫生，也是由春和幫忙介紹，甚至還陪杜麗的阿公去看病。

「從那年他在班上幫了我，直到這麼多年之後，我發覺最信任的人就是他，少不了的人只有他。我想，那就是他了。」

我們信任一個人，是因為這個人的長情、負責與耐心。一個人能讓另一個人信任許多年，裡面必然隱藏了深沉的愛意。

尊重與理解

不愛我的，我不愛。
因為愛我的人才能接受真正的我，有優點也有缺點的我；
不用假扮別人的我。
因此，我也只能同我愛的人相愛，
我得接受全部的他，才是完整的愛情。
在我的世界裡，沒有「愛人」或「被愛」的選擇，
只有相愛的等待與追求。

我也願意生小孩

我的朋友阿波與她的戀人阿特，將近七年來的情感與同居生活結束了，知道消息的朋友都覺得很遺憾。相戀時阿波三十歲，阿特三十三歲，他們確實試驗著不結婚、不生小孩而能夠親愛和諧的美滿生活。

阿波在工作上的表現傑出，加班、出差的機會很多，阿特從不抱怨。有段時間阿特賦閒在家，整理陽台花草；開著車獨自去旅行，阿波很欣賞他能享受人生。直到阿特因為工作關係調到上海去，才傳出情變的消息。

在他們分手兩個多月後，阿波忽然對我說：「那個女人說，她願意為阿特生小孩。」當時我們正泡在溫泉裡，身體是暖的，池外卻是寒雨霏霏。

那個女人，顯然就是感情裡的第三者，為了她，阿特才捨棄了與阿波的情感。「是因為……小孩嗎？」我有點困惑了，不生小孩，不是他們的協議嗎？

「阿特說他快要四十歲了，他其實想要一個小孩，想要一個家，他覺得人生很虛無，什麼都是抓不住的，不甘心就這樣過完一輩子。」阿波的眼睛直直地注視著前方：「很奇怪的是，他以前從沒跟我說過這些，我一直以為他很快樂的。以為我們一起生活是很幸福的。」阿波問阿特如果想要一個孩子，為什麼不跟她討論或者商量？

阿特說，他覺得阿波不會為任何人改變自己的想法，如果勉強她做自己不喜歡的事，兩個人都會痛苦的。

「所以，他真正想要的，可能根本不是我這樣的女人。」阿波的臉上浮起一抹苦澀的笑意。「其實，我也願意生小孩的。真的。」阿波眼光迷離的說：「如果，我知道他想要個孩子。」

原來，曾經如此親密的一對愛侶，只是相愛著，卻並不是彼此了解。

眞愛不做愛

雖然有文革的背景，雖然是發生在中國農村的故事，「山楂樹之戀」卻仍擄獲了我許多朋友的心。「看了哪有不哭的？」看完之後發出這樣的評論，當然，以女性居多。一個「成分不好」的高中女孩，到農村去體驗生活，卻遇見一個高幹家庭出身的大學男生，他們可說是一見鍾情，很快就墜入愛河了。然而，那個年頭充滿禁忌與壓抑，也為他們原本單純的感情添加許多難測的變數。

讀過許多愛情小說，看過許多愛情電影，**我發覺能打動人心的故事，必須有壓抑，有深重的想望而無法達成，卻成癡癡纏纏，難捨難分。**

在女主角靜秋與男主角老三的戀愛中，並不純粹只是心靈的吸引，其實也有著強烈的肉體誘惑和慾望。好幾次老三被靜秋發育完熟的胴體所激動，他只得強自抑制，苦不堪言，偏偏靜秋仍一派天真浪漫，人事不知。老三也只好選擇等待，等過一年又一年，等到他們即將排除萬難，可以廝守終生，他卻得了重病，不久人世。靜秋去醫院看他，他們睡在同一張床上，他們親吻、愛撫、裸露相擁，老三覆在了靜秋身上。讀者都以為他們終於做愛了，連靜秋也這麼以為（顯然仍是天真浪漫）。後來才發現，老三依舊守住最後防線，並未逾越。於是，這個「情人」瞬間昇華為「情聖」，成為愛情中的聖人。

他明明很想做，明明有機會做，卻終究沒有做，因為他不想「害」了靜秋。於是，不做愛成為一種高貴的美德，成就了所謂的真愛。

而我感到有趣的是，為了不想「害」她而不與她做愛，這樣的想法或做法，對於現代的年輕女性來說，到底是魔音還是福音？

我問了試婚中的小喬，二十五歲的她說：「當然要先做愛，才能知道這男人是不是我的真愛啦！」

最愛魅影

已經記不清，這是第幾次看「歌劇魅影」了，其實，我很想問女主角克莉絲汀：「妳愛的到底是子爵？還是魅影？」

子爵是個年輕英俊的貴族，從小與克莉絲汀青梅竹馬，見到長大之後的克莉絲汀，更加深情傾注，甚至願意為她而死，這樣的男人，當然是應該愛也值得愛的。可是，那生活在幽暗地下的魅影呢？他如同音樂天使一般的看護著小克莉絲汀，他費盡心力的教導她，使她有機會成為一代名伶，他為了成就她，給她機會，不惜製造事端與恐怖。他為她花費許多時間，他只能躲在暗處，不能現身，當然也不能展開追求，一切都是因為他那毀掉的容貌，如同鬼魅的一張臉。這原本是一種只求付出不問收穫的愛情，卻因為子爵與克莉絲汀的重逢，一切都改變了。

於是，我忍不住要問，如果子爵一直都沒有出現呢？寂寞的、渴望愛情的克莉絲汀，是否就會與她的引領者，音樂天使相戀呢？哪怕是有那麼強的對手子爵出現，魅影還是可以攫住克莉絲汀的神魂與哀憐。克莉絲汀自己說：「我的心靈讓我拒絕你，我的靈魂卻想要接近你。」這不是所有被愛牽扯著的人共同的體驗嗎？

那些不該愛、不能愛，偏偏卻又不能自拔的愛著的，不都是這樣的告白？得不到克莉絲汀的魅影，因嫉妒而發狂，他擄走了至愛，並以子爵的性命相逼，要求克莉絲汀嫁給她。克莉絲汀沒有激烈的反抗，也沒有哀求，她只是用充滿哀憐的神情，親吻了魅影，動情的親吻了他。

這個吻救了子爵，救了她自己，甚至也救了魅影。

魅影被她的愛軟化，放走了他們，沒有做出可怕的報復，也沒有讓自己萬劫不復。因為獲得了愛，他懂得了成全，就像一直以來，他在黑暗的地下為克莉絲汀所做的一切。

我偷偷以為，克莉絲汀最愛的是魅影，有些女人懂得，割捨掉的感情，才是最純粹完美的感情。

有些女人懂得，
割捨掉的感情，
才是最純粹完美的感情。

身體是感應器

當侃平在唸大學的時候，大家都傳說他是個男同志。他的身材高，體魄好，對女生很溫和，和男生相處也很融洽。當年他代表系上參加籃球賽，手臂一勾，進球得分，看似輕輕鬆鬆，迷倒許多女生。那一場最後的關鍵比賽，兩隊平手，評審的哨子已經要吹響了，侃平躍起身子，最後一球，進籃得兩分。全場歡聲雷動，幾個平常就很喜歡他的女生衝進場中央，對他直撲而去。我清楚記得，跑得最快的女生躍起身子向侃平吻去，而他是那樣機警冷靜的避開了女生的「襲擊」，用一種迅速而飄忽的移動，將女生輕輕推開。那一刻，作為一個旁觀者，我幾乎相信了關於他的性向的那個傳說。

直到幾年之後，從國外唸完研究所回來的侃平，帶著他的新婚妻子，坐在我的研究室。那個妻子穿著簡潔的長版T恤，緊身褲，配一雙高統靴，剪得相當俐落的短髮，薄薄貼在頭上，看起來有點像個大一新生。

我們聊起當年的傳言，大家都笑起來，侃平說：「我不是男同志，但我對身體也有感應的，並不是所有的女性，我都喜歡。」

侃平說起他的許多經歷，與女人的相處，常常得忍受她們的誘惑。在國外念書時，利用空閒時間去打工，有位女主管對他特別好感，與他談話時，總要用身體磨蹭著他。當他們共同檢索電腦中的檔案資料，女主管必定站在他的身後，豐滿的胸部壓住他的背脊。「不但一點也沒讓我興奮，反而令我覺得很不舒服。」

「你覺得被騷擾了？」我問。

「並不是意識上的感受，就只是身體的感覺。」侃平很坦白的回答。

我開始思索，是否誤解了男人？其實，男女都一樣，身體是靈魂感應器，會指使我們遠離或靠近另一個身體？

因爲他總記得

繽繽原本決定，今年春假要和同居五年的男友阿德結婚了，他們倆從相戀到同居，也是歷經許多波折的，根據繽繽的說法：「如果再不結婚就真的一點感覺也沒有了。」不管如何，他們倆開始積極的看房子、挑家具，並且規劃貸款的償還計劃等等。沒想到二月底竟傳來他們取消婚禮的訊息，朋友們議論紛紛，大家都在問：真的還是假的？而我總是想起繽繽說的那句話「一點感覺也沒有了」。對許多女人來說，「感覺」，還是個重要的東西吧。

繽繽後來約我吃飯，看起來神情平靜，她說在看房子和挑家具的過程中，她才發現，阿德根本不知道她喜歡和不喜歡的是什麼，不知道也就罷了，更糟糕的是她發現他完全不在乎。他堅持浴室要用黑色瓷磚，但繽繽無法忍受大片的黑，黑色的沉重令她暈眩。阿德喜歡開放式廚房，但繽繽覺得烹飪時整個家都是油煙味很不舒服。

幾件事的意見相左，阿德丟出一句：「妳怎麼這麼麻煩！」過去這句話也是常聽見的，然而此刻卻異常刺耳，因為史提夫的出現，那個從香港來的公司總裁。他只是飛來台北視察兩週，主要由繽繽接待陪同，這個看起來冷靜的大老闆與繽繽吃過三次飯，便記得她不吃羊肉；用橄欖油而不用奶油；喝溫水而不是冰水；飯後一定要甜點……他像哄小女孩那樣跟她說話，覺得她非常有趣而不麻煩。

「妳愛上他啦？」我問。

「其實不是愛上他，而是重新愛上我自己。」

「我相信可以找到一個男人，他總記得我喜歡和不喜歡的事。」繽繽充滿信心的說。因為這個萍水相逢的男人，記得這些關於她的小事，使她意識到自己並不是真的那樣麻煩，使她重新愛上自己，決定出發追尋一種嶄新的，有感覺的生活。

熱血與柔情

「笨蛋！」沈佳宜在柯景騰身後大喊，柯景騰在雨中一個勁兒的往前走，頭也不回的喊回去：「我是大笨蛋才會喜歡妳這麼久！」沈佳宜一邊流淚一邊喊：「你什麼都不懂！」這是從台灣賣座到香港的青春電影「那些年，我們一起追的女孩」的經典畫面。

互有情愫許多年的沈佳宜與柯景騰，就這樣漸漸走出彼此的世界。我認識的許多大學男生看了一遍又一遍，口口聲聲喊著：「好熱血！真的是超熱血的。」男生都在其中見證了自己的熱血青春，女生則在沈佳宜的那句「你什麼都不懂」裡，回味了自己的柔情歲月。

喜歡一個人，就是要讓他更好，這是許多女生的做法。因此，當柯景騰的座位被換到沈佳宜前面，沈佳宜便監督起他的課業，為他出考題，擔任他的小老師。女生的情感是細微、體貼而不張揚的，一種似水的柔情。

柯景騰的做法是許多男生的共通準則，為女生挺身受罰，為遵守承諾剃光頭，四處張揚對這個女生的愛慕，大聲說出「我要一直追妳」這樣的宣言，一種燃燒的熱血。不計後果的去做，不問回報的去付出，這是熱血的，也是最吸引男生的一種陽剛氣。

到底最後是否一定會成功？如果在一起又該怎麼相處？這些都不是熱血男生會仔細思考的，他們正熱愛著這樣熱血的自己。女生卻已經百轉千迴的把情節演練好幾遍了，她們「什麼都懂」，知道一切如果安頓下來，熱血將會降溫成一種尋常，於是，沈佳宜們常常在某個關鍵時刻悄然退場，留給熱血的柯景騰們永恆的美好回憶。

每個男孩的心裡都有一個沈佳宜，女生卻不見得想成為沈佳宜。當沈佳宜大喊：「你什麼都不懂」的時候，她可能因為分辨出熱血與柔情的不同，因而充滿憂傷。

自立自強

愛的道德經

分手時的態度，最能看出一個人的品格。
如果分手分得慘烈，之前的濃情蜜意都會一筆勾銷。
有些人因為感情失敗，喪失良知，
做出許多損人不利己的事，結果最失敗的是他的整體形象。
相愛時珍惜每一刻，離別時感恩放手，是道德的。

愛上你無關幸福

我和朋友馨馨剛剛完成了我們的療傷購物行程，接著又進行了療傷SPA，當我們持續到療傷美食這個單元的時候，音響中傳出莫文蔚的歌聲：「滿意你愛的嗎？有何新發現？溫柔的實驗，戀愛的肢體語言。努力愛一個人，和幸福並無關聯。小心啊！愛與不愛之間，離得不是太遠……」這首歌名為〈寂寞的戀人啊〉。

馨馨突然停住她的筷子，掩面哭泣起來。

是的，這原本就是一場療程，療癒的是她的失戀創痛。我們努力營造了一整天的高亢心情，正面能量，就在幾句歌詞裡功虧一簣了。

馨馨二十歲時就認識了那個男人，他們是從朋友開始的，而不是戀愛。等到發現彼此關係更像戀人，馨馨就宣布她已經名花有主了。只是，男人一直遊走在戀人與朋友的界線之間，時不時拉動著那條線，讓馨馨受傷，男人又小心的賠罪，溫柔的呵護。馨馨於是告訴自己：「這個男人還是愛我的。」

男人沒把她介紹給家人或朋友認識，理由是「不要讓這些不相干的人干擾我們」。馨馨感到沮喪的時候，不免也會想：「誰才是不相干的人啊？會不會其實是我呢？」她仍給予男人極大的空間與包容，不過問他去哪裡；也不過問他和什麼人在一起，她覺得若愛一個人，就應該對他完全信任。

十年後，男人愈來愈忙，他們一個月竟然只見一次面，馨馨終於提出了分手。男人沒什麼掙扎，順水推舟的接受了。

馨馨的劇痛洶湧而來，「為什麼這麼愛一個人，卻與幸福毫無關聯？」她淚眼婆娑的問。只是愛一個人，卻沒把自己的幸福考慮進去，最終只能成為寂寞的戀人啊。

前妻懶得復仇

第八十二屆奧斯卡獎頒獎典禮上，最受矚目的逐鹿之戰，就是小成本的「危機倒數」與五億美元的娛樂鉅片「阿凡達」，同樣獲得九項提名，包括最佳導演與最佳影片。尤其令人津津樂道的是，兩部電影的導演曾經是夫妻，這場前夫與前妻的大戰，更讓人期待。

頒獎之前，入圍的幾位男導演不約而同，對女導演凱薩琳・畢格羅大加讚揚，認為她掄魁是實至名歸的，連「阿凡達」大導詹姆斯・克麥隆也不例外。雖然不知道兩位前夫妻的關係與情感糾葛如何，但也為詹姆斯・克麥隆喝采，相當有風度的表現啊。

得獎揭曉，凱薩琳・畢格羅不負眾望，奪得最佳導演的殊榮，也成為史上第一位女性導演。媒體爭相報導，我看見某家電子媒體以「前妻的復仇」為標題，形容這樣一個意義特殊的時刻。正在吃餛飩的我，噗地一聲，差點嗆到自己。

「怎麼了？」朋友問。我示意她看新聞，她撇了撇嘴：「前妻才懶得復仇！」「沒錯！前妻有更重要的事要做。」

詹姆斯・克麥隆有五段婚姻，凱薩琳・畢格羅是第三任，他們離異已近二十年，兩人從夫妻成為工作夥伴與知己關係，這樣的昇華，恐怕是許多沉溺在烈愛與怨恨中的「平凡人」無法理解的吧。

作為名導的前妻，凱薩琳・畢格羅身上背負的壓力肯定不小，若她想要力爭上游，想要自我成就，必須花費很長的時間，很大的心血。短短兩年婚姻生活中的一切，恐怕都顯得微不足道了吧。

許多女人——不只是凱薩琳・畢格羅，追求生命中的自我，為的不是愛過恨過的任何男人，只是為了自己。卻有許多男人，仍懷抱綺麗幻想，以為女人變好或變壞，都是因為他。也算是一廂情願的自我安慰吧。

不吃瓜的女人

我的朋友碧芳是個不吃瓜的女人，從小就不愛吃一切瓜類，她總覺得瓜類有一種很奇怪的氣味。二十四歲那年，她終於鼓起勇氣，到男友阿豐家去拜見他的母親。這母親一直不喜歡碧芳，不喜歡她的身高與體型；不喜歡她的家庭與父親的職業；不喜歡她的星座與血型，但她真的愛阿豐，還是得闖這一關。

阿豐的母親滿臉笑容，在炎熱的夏天端上一盤切好的水果：「我切了半天才切好，多吃一點喔。」那是香瓜與西瓜組合而成的水果盤，碧芳當下明白，阿豐的母親有多麼討厭她。

她並沒有死心，對於愛情的堅持與熱烈，讓她不肯棄守。阿豐的母親開出條件，若要進他們家門，必須要考上公職人員考試，否則太沒保障了。碧芳喜歡的是設計，卻不得不去考公職，喜歡旅行的阿豐卻選了導遊的工作，過得很開心。

碧芳這一考就考了三年，當她終於考上，進入公家機關工作，與阿豐開始籌辦婚事，阿豐的母親卻看似不經意的說：「其實喔，女人還是當老師比較好啦。下班時間比較早，可以回家煮飯，照顧小孩，又有寒暑假。我們阿豐為了家庭在外面東奔西跑，要有一個賢內助幫忙才行。」剛剛考上公職的碧芳，聽見這樣的話，就像是被逼著吃了一大盤瓜一樣，頭昏想吐，涕泗縱橫。

多年後我與碧芳重逢，才知道她為了結婚真的去考代課老師，也當了幾年老師，直到與阿豐離婚。「我覺得很不平衡，阿豐可以做自己喜歡的事，我卻過著不像自己的人生。」

這樣的不平衡終於銷磨了他們的愛情，碧芳和好友共同創立了飾品設計品牌，在網站上經營得有聲有色。她可以不再吃瓜，過著自己的人生。

可以爭氣，不必負氣

我知道她過得並不快樂，事實上她的每個朋友都知道這件事，因為她嫁的那個男人並不適合她，她從沒為這個男人神魂顛倒過，她放棄很多其他機會選擇了這個男人，只是因為這個男人應該不會辜負她。

但，我剛剛認識她的時候，她不是這樣的，她那時候很活躍，參加話劇演出，還是跳遠選手。我剛擔任他們班的導師，在運動會上看見她的男朋友，那個外系的男生，專注的用單眼相機捕捉她飛躍的身影。據說他們高中時就戀愛了，男生是為了她才轉學來這裡的，他們是很受矚目的一對情侶。

畢業之後，她進了社會，男朋友去外島服兵役，聚少離多。她來學校找我，哭訴自己的孤寂與無助，又說辦公室裡有個主管對她很照顧，看見這個主管，也讓她有了好久沒有過的怦然心動的感覺。

那一天，我只是聽，並沒有給她什麼意見。愛情倏忽而來，飄然而去，原本就是很難捉摸的。

不久之後，聽她的同學說她和那個主管走在一起了，不久又分開了，因為主管還沒和另一個女朋友分手。這些事，在外島當兵的男朋友當然是無所知悉的，她甚至也沒告訴過我。等到男朋友當完兵回來，出國留學，半年之後，因為結識了另一個女孩，要求分手。這一次，劈腿的是男朋友。她不肯平靜分手，坐飛機到美國去大鬧一場，說是自己如何珍視這份感情，如何忠貞的守候著彼此的誓約，因為鬧得太厲害，男朋友幾乎沒辦法在學校獃下去。

她沒能挽回戀情，心碎的回到台灣，咀咒所有的第三者與劈腿族，在我的面前，她恨恨地咬牙切齒。我仍沒有說什麼，想來她和主管之間的事，她已經忘記了。

她沒有為自己的幸福爭取，得過且過的選擇一個對象就結了婚，把自己所有的不順遂都歸咎於前男友。我直到現在仍為她感到惋惜，人生起起落落，感情有得有失，她可以做一個爭氣的女人，卻選擇了負氣的人生。

愛能防墮

小學二年級的男生對班上的女生說：「我長大以後要娶妳。」誰會把這樣一句話當真呢？縱使他們真的是兩小無猜，形影不離，成為同學們取笑的對象。但是，長大之後，一切就會改變了吧？或者，漸漸的忘掉了吧？

然而，小學五年級時，男生因為家庭因素突然搬家轉學，從此就與女生失聯了。爾後，女生改了名字，像是一個嶄新的人那樣，過著新的生活。男生曾找過女生，用的是舊名字，始終沒有找到。

直到十四年後的某一天，女生在臉書上尋找到男生的名字，並且發出訊息，詢問他是否是自己認識的那個人？男生給了這樣的回覆：「我一直在找妳。」

他們相約見面，發覺一直都把彼此放在心上，雖然隔離了十幾年，從未見面，神奇的是，愛卻靜靜的在心裡生長著。

分離時還是孩子，見面時都已是成人，準備好要愛，也等待著要愛，而見面的瞬間，清楚明白，想要愛的就是眼前的這個人。

這是與臉書有關的浪漫愛情故事，相信必然會流傳好一陣子。網路啊，並不只是戕害青少年的身心，或是造就許多宅男與怨女，還能穿梭不可能的相逢，令有情人終成眷屬。

十四年後再相逢，男生成為英挺的陸軍軍官，女生則是有著甜美微笑的房產公司祕書，就像是拍偶像劇那樣，連他們的職業和形象都那麼優質。如果，他們並不是這樣的優質男女呢？如果他們在成長的過程中墮落沉淪了呢？再相見已是面目全非？

或許就是因為心中有愛吧，有著愛的盼望，便有著向上的想望，於是不肯墮落，也不會墮落。

那一天，我看見香港工地圍籬寫著：「小心防墮」的標語，想到**人生常有墮落的可能，往往都是愛，防止了我們的墮落與沉淪。**

或許就是因為心中有愛吧，
有著愛的盼望，便有著向上的想望，
於是不肯墮落，也不會墮落。

魚湯挽不回的愛

因為人在香港，我的消息總是慢半拍，回台探親時看報紙才知道，曾經的當紅玉女明星，婚後淡出銀幕，而後與丈夫離婚，過著清苦病痛的生活，前些日子過世了。

在她過世之後，她與前夫之間的糾葛成了新的話題，尤其她的前夫依然活躍在政壇與影壇，並且再婚了，看起來過得幸福美滿。我還記得小時候看見這位玉女明星清麗典婉的容貌，聽見大人們說：「這樣的女人就是男人最想要娶的。」於是心生仰慕，真希望自己可以像她。

女星的閨中好友敘述女星如何侍奉丈夫，丈夫每天早晨出門前一定要喝一碗鮮魚湯，女人得早起出門買活魚，一邊料理烹煮，一邊聆聽丈夫起床淋浴的聲音，很怕魚煮老了或不夠熟；又怕丈夫跨出浴室不能立即喝到熱湯，於是在廚房與浴室門外跑來跑去，戒慎恐懼。

我猜想有不少六十歲以上的太太們，看見這樣的報導也就是會心一笑，不予置評吧，因為她們多半也是揣著一顆忐忑不安的心侍奉丈夫一輩子。倒是四十歲左右的女性朋友，相當不以為然，妻子已經做到這樣，還是落得離婚收場：「男人就是被女人寵壞的。」至於二、三十歲的女性朋友像在聽天方夜譚，古代的故事，與她們半點也不相干。

女星被稱為寶島玉女，曾經是電影的當家花旦，到香港和日本拍過電影，是個追求者眾多的明星，無限美好風光的前途，她卻選擇了與一個心愛的男人相守，退出影壇，成為自己所說的「三十年的時間，隨時在廚房待命」的賢妻良母。

丈夫在外風流快活，常有緋聞傳出，做妻子的一概隱忍不發，默默承受，直到留不住心也留不住人。

在無法平等相愛的關係裡，多少魚湯與心思，也挽不回注定墜落的愛情。

成熟的品格

愛的道德經

愛情其實不是一種旗鼓相當的關係，
而是一種強弱搭配的美學。
就像穿衣服一樣，全身都光鮮奪目反而不出色，
總要有突出的，有陪襯的，才能和諧。
少了陪襯，如何突出？
陪襯是愛情裡最高貴的角色。

張羅午餐的權力

雷雨之中，我匆匆趕赴熟女讀書會，卻還是遲到了，桂姐正在和其他的姊妹們聊天。桂姐在讀書會裡的地位很崇高，她曾是第三者，未婚生子，並沒有因為孩子的認祖歸宗或是教育費告上法庭，反而是她的男人與妻子離婚之後，與她共結連理。在桂姐之前，男人的風流韻事不少，桂姐是他的戀愛終結者，看起來那個男人是得要從一而終的了。或許就是因為這樣的經歷，使得桂姐一開口，各家姊妹都專心聆聽。

她們在討論的是老公與女祕書之間的微妙關係，Ａ太太憤憤不平的說：「我每次看見她在我老公辦公室晃來晃去，就覺得不對勁！如果不是真的有事，為什麼他不肯把她辭了？天下只有這麼一個女祕書嗎？」

Ｂ太太感同身受：「我都跟我老公講好，他的祕書一定要由我來挑，男人喔……」桂姐從容不迫地問：「午餐呢？誰跟他吃午餐？」大家都有些迷惑，午餐？這有什麼重要呢？「誰管他的午餐啊？他想吃什麼就吃什麼，他想跟誰吃就跟誰吃！」Ａ太太的臉都漲紅了，彷彿已經看見老公在午餐時出軌的畫面。「這是妳的權力啊。」桂姐翹起蘭花指，很優雅的啜一口咖啡。

她耳提面命的對姊妹們說，千萬別看輕了午餐，替老公張羅午餐，是老婆的權力呢。事實上，為別人張羅飲食，都是很大的權力啊。

對方要吃香的還是喝辣的，都操控在我們手中，吃得營不營養；膽固醇會不會太高；份量不足或太多；要不要加洋蔥或大蒜；吃米吃麵還是通心粉？桂姐說她為了替老公搭配日日新鮮的午餐，看了好多食譜書，也蒐集了城裡各式美味餐廳，務必要讓老公想到她就流口水。

有時候她出國，由祕書或助理準備午餐，老公總是抱怨沒滋味或是太油膩，一心一意等她回來送便當。我聽著，一面讚歎，果然術業有專攻；一面慶幸，這樣的權力還握在自己手中。

預知情事的女人

參加大學同學會那天，我在住家樓下遇見鄰居，她說：「妳今天很漂亮喔，有打扮就是不一樣啊，要去上節目嗎？」我說不是的，只是要去參加同學會，二十幾年沒見的同學們重聚一堂，不希望自己看起來很邋遢。鄰居會意的微笑：「我瞭解啊。」但，有些人在別人眼中的形象，是永遠不會改變的。

同學會裡最受矚目的應該是紀風和陌陌，大家都覺得他們曾經在一起，但他們都不承認，只說彼此是很好的朋友。紀風已經結過兩次婚，陌陌一直維持單身。據說畢業之後，也已經二十幾年沒見了。當他們在餐廳裡擁抱彼此，我們這些旁觀者都有些難以言說的莫名感動。

紀風在大學裡的女友一個接一個，從來沒閒過。他是中文系少見的俊男，高瘦矯健，馳騁球場確實是賞心悅目的畫面。我們一群女生常在球場為他賣力加油，包括陌陌。而他們倆走得更近，是在紀風再一次與女友分手之後，我們全班去金山露營烤肉，陌陌廚藝不怎麼樣，紀風卻把她烤得又鹹又乾的烤肉吃光光，陌陌笑著拜託他別吃，他說陌陌做的一定要全部吃光光。

那一夜，大家紛紛進入帳篷睡覺，只有紀風和陌陌守在營火旁，天將破曉時，我們聽見紀風彈吉他唱〈守著陽光守著你〉。他們後來竟然沒有成為一對，跌破我們的眼鏡。而二十幾年後，他們坐在餐廳聊天的樣子，仍有著那夜沙灘上的幽微眼神。

陌陌的情史其實也不單調，她訂過婚又解除。「我覺得這樣很好啊。」陌陌後來對我說：「我希望自己不是他的那些女人們，而是一種獨特的存在。我早就明白，他不是個好駕馭的男人，我也不想駕馭他。」

像個預知情事的巫者，陌陌巧妙的避開了愛情崩壞的可能性，也保持了她在紀風眼中永不改變的美好形象。

九歲小孩都知道

大學女生想跟學長一起吃消夜，宿舍卻已經關門了，她竟然從三層樓高的地方往下跳。原本說好會接住她的學長，臨時退縮，女生落地摔斷雙腳。這個事件在網路與新聞上沸沸揚揚了好幾天，大家熱烈的討論著。說是女生太奮不顧身了，而男生又太不講義氣了；說是男人本來就是不可相信的等等。

我在一場親子與教育的演講中，提到了這個女生與學長的意外事件，無意批判任何人，如果那是一場愛戀，外人哪裡有置喙的餘地？

我只是想到，這個故事可能會有三種狀況發生：A．學妹一腔熱血決定跳下來，學長評估情勢，發現自己並沒辦法接住她，便理性的阻止了學妹。在那個當下，學長澆下的冷水固然令學妹很不開心，卻能保護他們雙方都平安。B．學妹跳下，學長臨陣脫逃，他想到的是保護自己，卻帶給學妹更大的失望。C．看著學妹那樣義無反顧的跳下來，學長怎能退縮？明明知道自己既不是楊過，也不是張無忌，還是以肉身相拚，接了再說。結果是兩敗俱傷，學妹傷了腳，學長傷了脊椎，可能造成終身殘疾。這三種狀況，到底該選哪一種呢？

現場的成年人都微笑著，彷彿有點小小的苦惱，沒有人回答。在那個當下，忽然聽見一個孩童的、稚嫩的聲音，堅定明確的喊出來：「A！」

是一個九歲的小男孩，還沒經歷過愛情的洗禮；還沒說過近似於謊言的承諾；還沒有太多矛盾與複雜的牽扯，他那麼容易的就做出了正確的選擇。

一個九歲的小孩都知道該怎麼做，為什麼當我們成年之後，當我們年齡愈來愈大，愈不知道該怎麼處理生命中的諸多選擇了呢？難道長大之後，我們的智慧竟然退化了？還不如一個九歲的小孩？

我們挑選一個合適的情人，
像箱子一樣能包容許多東西，
能負重，能應付各種路況，
最重要的是令我們能有輕盈便利的旅程。

男人的品格

男藝人在媒體上爆料與已分手的女藝人的隱私，並且指出女藝人十七歲時與他發生關係，「竟然」已經不是「處女」。

此則八卦一出，四面八方砲火隆隆，撻伐男藝人，同情女藝人，鬧得沸沸揚揚。用這樣的爆料方式去談分手女友，男人的心態非常明顯：「看看這女人多不自愛。」卻沒想到旁觀者的心態，其實是：「這男人實在沒品，還好他們已經分手了。」對於受害的女性，既同情又慶幸。對於爆料的男人，既不齒又憤怒。

但我們都很清楚，他不是第一個做這種事的男人，也不會是最後一個。

男人利用網路或媒體公開女人的隱私，尤其是與性相關的隱私，層出不窮，是因為他們深知有利可圖。首先是某些男性仍可悲的以為與女人發生性關係，表示自己是個強者，征服了女人，迫不及待的四處宣揚。

我聽過某位頗有社會地位的男人，誇耀似的對一點也不熟的、同桌吃飯的男男女女宣告：「我昨晚和某某（一位成功的名女人）上了床……」接著是一連串評語。那時還很年輕的我，不知該如何形容心中的驚訝、失望與憎惡感。此後，不管這男人取得多麼高的成就，我無法消除內心的輕蔑。

社會長期以來對女人要求的「守貞」觀念，依然左右許多人的看法，我聽過最荒謬的指控是丈夫指責妻子無恥，因為妻子在婚前就和丈夫發生關係，雖然那是妻子的初夜，丈夫婚後二十年追想起來，依然覺得妻子不貞、淫蕩。「她和我發生關係，就有可能和任何一個男人發生關係。」

對女人的要求與期望這麼高，男人的品格也該提升才是。最起碼應該做到的就是，心胸開闊一點，嘴巴閉緊一點。

旅行箱的旅行

下著微雨的倫敦街頭，晚間九點多，遲遲才夜的天光也已全黑了。我的旅伴拉著我的旅行箱，我在一旁撐著傘，我們走了一小段路，到街角的垃圾箱旁，棄置了壞掉的箱子。這並不是我頭一次在旅途中拋棄壞掉的箱子，只是，之前都是把棄置的箱子留在旅館房間裡，揚長而去。這一次，倫敦旅館要求我必須自己丟棄箱子，於是，親手丟掉箱子，遂成為一次特殊的經歷。

我的這隻旅行箱，當初也是千挑萬選的，輕薄、堅固、豔麗的桃紅色，四個拖拉皆可的小輪子，伴隨著我去了北京、上海、吉隆坡、日本，卻在倫敦之行時，發生了變形事件，完全扣不上了。不管它的顏色多鮮豔；輪子多好用，扣不上也就無用了。每一天我回到旅館，都努力的試了又試，有時候可以扣上，多半時間只是徒勞無功。於是，只得買回一個新箱子，決定拋棄舊的。

拋棄箱子那一夜，我突然發覺，這也像是一則愛情的譬喻。我們挑選一個

合適的情人，像箱子一樣能包容許多東西，能負重，能應付各種路況，最重要的是令我們能有輕盈便利的旅程。當然，若條件允許也希望它有醒目的外觀。我還記得去吉隆坡那次，參加的是文學活動，同行的一位女作家曾讚美我的箱子「真美麗」，那時候，我心中的虛榮與驕傲。然而，當箱子的功能性消失，為了接續的旅程，我們也只得換一個新的。

第二天，在倫敦早晨的街頭，我看見一個男人推著我的行李箱，輕盈快樂的跑過街角。他用一個箍帶將行李箱箍好，走兩步便放開手，試試箱子的滑行速度，顯然非常滿意。這個畫面安慰了惆悵的我，**對我不合用的箱子，對他人來說或許如獲至寶。愛情，不也是如此？**

她身上的指痕

我想，這確實是我近來遇見，最難開解的一個感情問題了。阿群和禔禔是大學時代的戀人，他們一起創立社團，為辦活動四處募款，因為擔任過社團的指導老師，我和他們都熟。禔禔是個享受生活的女生，喜歡參加一些華麗的派對，一杯香檳，一碟魚子醬，都可以令她快樂很久。阿群對生活的態度是精神層面的，可以為了買影展套票，吃一個星期泡麵。

禔禔說她愛的是阿群的那點才氣；阿群說他愛禔禔總是可以那樣快樂的過生活。但是，阿群的才氣敵不過現實，畢業後禔禔出國唸書，阿群找不到一個體面的好工作，他們幾番協調不成，終於分手。

並不出人意料的，禔禔嫁入豪門當貴婦，阿群痛定思痛，重新出發，拍了幾部廣告片，成為小有名氣的導演。

去年，禔禔離了婚，與仍然單身的阿群重逢，兩人又再度癡纏熱戀了。聽到消息的人都覺得開心，紛紛表達祝福。幾個月後，褆褆來找我，卻顯得很落寞。她說她感覺得出阿群還是愛她的，只是他們之間的熱情似乎消失了。

「我們在一起已經三個月了，他好像不太願意碰我，他雖然還是體貼我、疼愛我，但就是不碰我。我真的不知道這是怎麼回事？」我約了阿群見面，看見他的樣子，嚇了一跳，他看起來比褆褆還憔悴苦惱，顯然這問題對他造成更大的困擾。

「我沒辦法克服……她的身上好像留著那個男人的指痕，我愈愛她，愈不能面對這個問題。」阿群倒是很坦白的說出了他的癥結所在，而我能說什麼呢？

「你就當她動過一次手術吧。手術肯定會留下疤痕，但因為這次手術，她才明白自己愛的人終究是你。」我找到一種解釋，希望可以讓相愛的人繼續走下去。誰的身上不是深深淺淺的留痕呢？只要走過愛的道路。

愛的道德經

慷慨的付出

最好的愛，是不會為了自私的理由，
而讓對方痛苦的。
擁有愛和付出愛，看起來完全有利無害，
只要在這過程中是快樂的，不妨多多益善。
愛人與被愛，是道德的。

傻女人是個寶

在愛情裡，什麼樣的女人可稱為傻女人？當然是為了摯愛付出一切，就算痛苦也甘願領受，伴著淚水一起吞嚥而下。喔，對了，傻女人的必備條件就是她愛上的，肯定不是個好男人。如果是個好男人，能為女人帶來幸福，這女人也就不傻了。而這男人也不一定是壞男人，可能只是有些無可奈何，力不從心，最典型的就是別人的丈夫或情人。

電影「非誠勿擾」中的舒淇就是這樣一個傻女人，她愛上別人的丈夫，卻仍癡心等待，有朝一日那男人會離婚，同她結婚。在患得患失，永無止境的等待中，她心灰意冷的赴了葛優的徵婚之約。

葛優演的是個其貌不揚的中年暴發戶，有過人生闖蕩，也幹過令自己後悔的荒唐事，夢想著找個美麗的女人安頓後半生。舒淇帶著一身傷口出現，雖是魂不守舍的樣子，已經令葛優十分傾心。

他對舒淇的讚賞別出心裁：「情人眼裡出西施。妳是仇人眼裡也出西施了。」美到連仇人都愛，這男人絕不是暴發戶而已，他浪漫到骨子裡。最特別的是，他能容許舒淇和他在一起，心裡卻掛記別人。或許因為他知道，若他不容許，便沒機會同這女人在一起。他愛她，愛的正是她的這份癡傻，這份斷不了的纏綿，縱使對象不是他，他也能欣賞，能疼惜。

電影演到後半場，葛優心疼著舒淇，觀眾卻也心疼著葛優了。這女人真傻，這男人何嘗不是？

葛優的想法是，這女人的愛這麼癡心，將來她能愛上我，不也是一樣？那該是多麼奢侈的幸福？觀眾想的是，這女人能愛上別人，卻不一定會愛上你啊。好在葛優與舒淇的關係是建立在知己上，**從知己而成情人，舒緩和諧的熱情，雖不是激情，也很美好。**

擁有愛和付出愛，
看起來完全有利無害，
只要在這過程中是快樂的，
不妨多多益善。

維持現狀，就好

我有時候仍會在夢中聽見男孩子問：「妳想過我們會是怎樣的關係嗎？」那是在我很年輕的時候，想要親近我，卻不得其門而入的男孩子，苦惱的聲音。我是怎麼回答的呢？「我想，維持現狀就好啦。」細細的聲音，是我年少時的嗓音，好像很脆弱，其實無比堅決。

等到成年了，我才明白，「維持現狀」真是一種殘酷的關係，既不能退也不准進，誰給予我權利說「維持現狀」的？只因為我心中知曉，自己是被愛悅著的。被愛悅著給了我無限的權利，彷彿可以予取予求。

我的一個讀者阿嘉，是個善良的男孩子，他默默地喜歡一個叫做小芊的女孩，只要她一個簡訊或電話，他就馬上趕到她身邊去，為她做任何事，只為了博取她一個笑顏。別的朋友取笑小芊：「妳要被阿嘉套牢囉。」她便皺起眉搖頭：「阿嘉又不是我喜歡的那種類型。我們是很好很好的朋友耶。」

話是這麼說，可是，當小芊熬夜工作也不准阿嘉睡覺，半夜裡，小芊鼻音很重地要求：「我要吃粥啦……」阿嘉立即出門去買粥，送到小芊樓下。黎明時分，小芊充滿元氣的聲音透過話筒傳來：「我們去吃永和豆漿吧。」阿嘉洗把臉馬上出門，在她樓下等著她。

「她真的只當我是好朋友嗎？」阿嘉苦惱的問我。我們都知道，阿嘉的付出與角色，早不是一個「好朋友」，而是一個「好情人」了。

小芊跟別的男孩子約會，並且手牽手一起出現的那一天，阿嘉的世界崩塌了。可是，小芊還是用我見猶憐的語氣對阿嘉說：「你是我最好的朋友，我們之間不會改變的吧？」阿嘉不知道該說什麼，很沉重的，點點頭，算是允諾。小芊和男朋友進展很順利，卻依然在半夜睡不著的時候打電話給阿嘉，央阿嘉與她聊天。「為什麼不打給妳男朋友啊？」阿嘉問過。小芊這樣回答：「你不是我最好的朋友嗎？」

最好的朋友，是不會為了自私的理由，而讓對方痛苦的。我告訴阿嘉，他的痛苦，正是來自於小芊「維持現狀」的要求，這要求既殘忍又無理。除非可以回報情感，否則是沒有權利要求他人「維持現狀」的。

有愛活得久

澳洲皇家理工學院教授科恩在一項人類老化國際會議上，提出一個結論：戀愛的人或者有很多嗜好的人，壽命通常比較長。

澳洲專家的說法是，當一個人專注於某件有趣的事物，或是與情人含情脈脈的對望著，全神貫注的時刻，便會忘記了時間的流動，一個小時過去了，卻以為只過了五分鐘。我們應該都記得陷入熱戀中的自己，是怎樣的充滿活力，不覺得疲憊，對於彼此充滿探究的興味，對於兩個人共同去做的每件事充滿期待。當我們與情人手牽住手，當我們緊緊靠在一起，我們的心跳與呼吸平穩，生命彷彿永不止息。

當我們的臉龐相觸，嗅聞著彼此的氣息，深深呼吸；

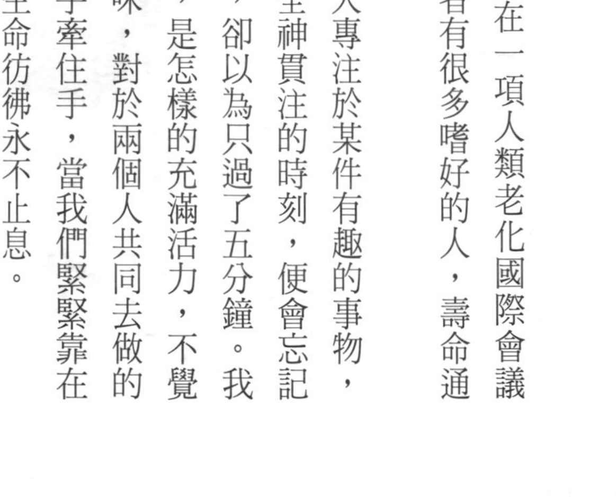

當我們親吻彼此，心跳加劇，世界光亮的開啟。

哪怕不是愛情，只是愛我們的父母親或孩子，愛我們的朋友或身邊的人，只要付出愛，就能讓我們的生命處於飽滿狀態。這也就說明了女人為什麼普遍比男人長壽，女人自小就受著「付出愛」的訓練，小女孩要照顧弟弟妹妹，就算沒有弟弟妹妹也會有寵物或洋娃娃，她們的耐心與關懷不斷被開發，被培養滋生。

女人只有在被男人追求的那段日子裡，是以逸待勞的，當感情大勢底定之後，女人就成為付出愛的一方，她們細心的體察男人的需要，她們給予溫柔的撫慰和熱情的擁抱。等到結婚之後，成為一個妻子和母親，女人更是大量的付出愛，尤其是從懷抱新生兒的那一刻開始，就註定了母親成為孩子情感和需要的供給者。

「女人一直在照顧別人，為別人付出，是不是很不公平啊？」曾經，在課堂上，有個女學生這樣問我。懂得愛，付出愛，是女人的天賦，也是不斷被開發的結果。當人在為愛付出的時候，別人看來或許覺得辛苦，我們自己卻是樂在其中的。有愛的人，付出愛的人，其實生活得比較快樂，而且還能活得比較久，就算是過世了，依然會活在被他愛過的人們心中。

擁有愛和付出愛，看起來完全有利無害，只要在這過程中是快樂的，不妨多多益善。

不可原諒的外遇

我在演講時遇見一個女人，她拿了我二十年前出的書給我簽名。等我簽完名之後，她意味深長地問我：「妳還相信這些愛情故事嗎？」一時之間，我不知該如何回答，我一向相信愛情，只是我不相信愛情可以長久保持，除非是兩個人的生命能量同等充沛；價值觀相當接近；又沒遇見強烈吸引力的外在誘惑。

「曾經，我非常相信愛情，為了愛，我原諒了他的一切，包括外遇。諷刺的是，他卻不能原諒我的外遇。」

這個叫做佳佳的女人，很年輕就遇見了生命中最重要的男人，他們在國外留學時遇見的，因為家長的反對，經歷了一番痛苦掙扎，連私奔這樣的事都想過了。結婚之後，男人很想努力表現，瞞著佳佳四處借貸，連房子都抵押了，卻落得一敗塗地。佳佳選擇原諒，無怨無悔背起債務，十年之間，夫妻同心，胼手胝足，不僅還清債務，還有了自己的事業。

男人賺了錢，誘惑變多了，外遇劈腿的傳言或多或少傳到佳佳耳中，佳佳選擇相信他，直到外遇的女人打電話跟佳佳攤牌。佳佳受到很大打擊，堅持離婚。男人苦苦哀求，先分開一陣子，不要立刻離婚，因為他最愛的是佳佳，無法與她分開。佳佳在傷痛消沉中，和一個認識好些年的廠商發生了一夜情，事後，她發覺對男人的外遇不那麼介意了。

當他們復合，度過一段甜蜜生活，佳佳認為應該對男人坦誠，她說出了一夜情的事。沒想到男人非常崩潰，完全無法原諒，他的說詞是：「男人是被誘惑的，女人卻是主動的。」因此，不可原諒。

我看著佳佳哀傷的眼睛，依然說不出話來。原來，外遇還分為「被誘惑」和「主動的」兩款，被誘惑的男人是可以原諒的；主動的女人則不可饒恕。連在外遇這件事上，男女依然不平等。

好笑於是可愛

「到底你為什麼這麼愛他呢？」在戀人離開之後，傷心欲絕的那個人，常被人這樣問，一時之間卻也不知道該怎麼回答。就像是李宗盛那首歌：「有人問我你究竟是哪裡好？這麼多年我還忘不了。春風再美也比不上你的笑，沒見過你的人不會明瞭。」執迷的愛著一個人，情絲怎麼也斬不了，宛如這首歌的歌名〈鬼迷心竅〉，一切都是沒有道理可循的。

而我偏偏就覺得，其間肯定有一些邏輯和規則，某一種類型或性格的人，彷彿磁石，吸力特強，愛戀之後便終身難忘，甚至會有曾經滄海難為水的深刻感受。

風靡香港的愛情小品「春嬌與志明」，集中了愛情的許多狀態：姊弟戀、愛人與被愛、舊愛和新歡、劈腿與謊言等等，而我覺得最特別的是，春嬌與志明在香港分手之後，分別赴北京工作，並且重逢。

志明已經有了一位柔情似水的空姐女友尚優優，而春嬌也很快結識了年長體貼的中年男，看起來都應該展開各自的新生活了，卻舊情復燃，一發不可收拾。背著現任情人與前任情人偷歡，日日編織新謊言來掩蓋，最終還是決定聽從內心的欲望，與自己最愛的人在一起。

志明對優優說：「喜歡一個人就是喜歡，覺得她什麼都好。」春嬌對中年男說：「你說你喜歡我，是因為我總有些奇奇怪怪的想法，但這些都是他傳染給我的，他就是這樣的一個人。」優優對待志明柔情似水；中年男願為春嬌做一切她不願意做的事，卻敵不過春嬌和志明在一起的時候，共同製造的那些歡樂。

志明從不曾為春嬌做過什麼事，但是他那些好笑的言詞與舉動，卻讓春嬌開心，而後感染她，讓她也變成這樣的人。

在戀人的種種可愛裡，古靈精怪的幽默感，原來也是其中重要的一個潛規則。

哪怕不是愛情，
只要付出愛，就能讓我們的
生命處於飽滿狀態。

張曼娟 小說精選

煙花渡口

給青春一個故事，
給我們無可取代的溫柔力量！

重讀著這些喜悅或悲傷的故事，那些遠去的時光便重現在我眼前，
每一個故事都與我的生命緊緊相扣，而我始終是站在渡口的那個人。
有時意興昂揚，有時茫然失據，
或許一直堅持著擺渡的心願，卻被許多人與許多故事擺渡，
渡過一個又一個，生命裡的險灘與深潭。
有些人成為我的摯友，
有些人成為我的夥伴，有些人根本素昧平生。
他們的微笑與支持；
他們的體貼與情愛；他們的激勵與提攜，
就像在黑夜的渡口，
施放一束又一束璀璨的煙花。

張曼娟
散文精選

剛剛好

我的世界有點小，卻是剛剛好。
剛剛好，遇見最美好！

相逢只一笑，明日又天涯。
我從許多微笑的眼睛中，看見了珍惜的光芒。
於是我有了這樣的念頭，要為自己編一本散文精選集，
記錄不同年齡的自己，看見的世界，感受到的人生。
這是為一直以來與我相伴的讀者們編選的，
也是為可能有緣相遇的新讀者編選的。
這真是一件奇妙的事，
我的世界這樣小，卻是剛剛好。
剛剛好，遇見最美好。

國家圖書館出版品預行編目資料

戒不了甜 / 張曼娟著.--初版.--臺北市：皇冠文化. 2012〔民101〕
面；公分（皇冠叢書；第4248種）
（張曼娟作品；23）
ISBN 978-957-33-2933-6 （平裝）

855 101016140

皇冠叢書第4248種
張曼娟作品 23
戒不了甜

作　　者—張曼娟
發 行 人—平雲
出版發行—皇冠文化出版有限公司
台北市敦化北路120巷50號
電話◎02-27168888
郵撥帳號◎15261516號
皇冠出版社(香港)有限公司
香港上環文咸東街50號寶恒商業中心
23樓2301-3室
電話◎2529-1778　傳真◎2527-0904
責任主編—盧春旭
責任編輯—許婷婷
美術設計—王瓊瑤
著作完成日期—2012年8月
初版一刷日期—2012年9月

法律顧問—王惠光律師

讀者服務傳真專線◎02-27150507
電腦編號◎012023
ISBN◎978-957-33-2933-6
Printed in Taiwan
本書定價◎新台幣280元/港幣93元